양식당 오가와

Original Japanese title: YOUSHOKU OGAWA

ⓒ 2019 Ito Ogawa

Original Japanese edition published by Gentosha Inc.

Korean translation rights arranged with Gentosha Inc.

through The English Agency (Japan) Ltd. and Danny Hong Agency.

Korean translation rights ⓒ 2020 by WISDOMHOUSE MEDIAGROUP Inc.

오가와 이토 에세이 · 권남희 옮김

양식당 오가와

위즈덤하우스

차례

새해

첫 해돋이

설날 아침, 해돋이를 보고 싶어서 일찍 일어났다. 커튼을 걷으니 아직 서쪽 하늘에 달님이 걸려 있다. 조금씩 하늘이 밝아지더니 맞은편 아파트 건물 위로 해가 얼굴을 내밀었다.

"올해도 좋은 한 해가 되게 해주세요."

평소보다 경건한 마음으로 해를 향해 손을 모았다.

도소주(1월 1일부터 3일 동안 가족이 모여 앉아 무병장수를 기원하며 마시는 술—옮긴이)는 펭귄(남편의 별명—옮긴이)이 좋아해서 만들지 않을 수가 없다. 이제 그만 만들어도 되지 않겠냐고 했더니 눈을 흘기며 화를 냈다.

해마다 만드는 레시피대로 만들면 반 가까이 버리게 돼서 이번

9

에는 양을 확 줄여서 만들었다. 청주에다 도소산(산초, 방풍, 백출, 밀감피, 육계피 등을 조합한 약제—옮긴이)을 넣고 하룻밤 재웠다가 다음 날 아침 미림을 섞으면 완성이다.

문득 좋은 생각이 떠올라서 남은 도소산(티백 같은 것에 들어 있다)을 화이트와인에 재워봤더니 이건 이것대로 맛있다. 프랑스에 흔히 있는 약간 특이한 향의 약초주 같아서 나는 도소주보다 칵테일 도소주 쪽에 한 표 주고 싶다.
내년부터 내 것은 화이트와인으로 만들어야지.

지금 도소산에 관해 찾아봤더니 '도소(屠蘇)'란 '나쁜 기운을 물리치고 심신을 소생시킨다'라는 의미로, '일반적으로는 백출, 산초, 방풍, 도라지, 계피, 밀감피 등 몸을 따뜻하게 하고 위장 운동 기능을 촉진하며 감기 예방에 효과가 있는 생약을 포함하고 있다'라고 나와 있다. 연초에 도소주를 마시면 1년 동안 병이 나지 않는다고 믿었다고 한다.

새해 첫날에는 영화 「더 서치」를 보고, 둘째 날에는 「트랙」을 봤다. 둘 다 훌륭했지만, 「더 서치」는 특히 좋은 영화였다. 나치스가 자행한 유대인 대학살을 소재로 한 「굿바이 칠드런」, 「사라의 열쇠」도 너무 좋아서 이 작품도 DVD로 발매되기를 고대하고 있다.

「더 서치」의 무대는 체첸 공화국. 1999년 러시아군의 침공으로 수많은 희생자가 나온다. 아홉 살인 주인공 하지의 부모는 눈앞에서 총살당하고 목소리마저 잃어버린다. 누나도 부모와 함께 살해당했다고 믿은 하지는 아직 걷지도 못하는 어린 남동생을 데리고 집을 나서지만, 결국 남동생은 남의 집에 맡기고 혼자 길을 떠난다. 주린 배를 안고 거리를 헤매던 하지에게 손을 내민 사람은 프랑스에서 온 EU(유럽연합) 직원 캐럴. 그녀는 말도 통하지 않는 하지를 자신의 집으로 데려가 함께 살기 시작한다.

전쟁이 얼마나 어리석은 것인지 이보다 더할 수 없게 철저히 그린 작품이다. 평범하게 살던 러시아 청년이 전쟁에 내몰려서 살인 병기가 되어가는 모습도 생생했다. 실제로 지금도 전쟁이나 내전으로 많은 사람이 가혹한 상황에 있는 걸 생각하면 너무나 가슴이 아프다.

올해는 조금이라도 평화로워졌으면 좋겠지만, 실제로는 이미 제3차 세계대전이 시작한 게 아닐까 싶을 만큼 거의 날마다 슬픈 뉴스가 끊이지 않는다. 난민 유출도 엘니뇨 발생과 연동되어 일어난다는 견해도 있으니, 난민 문제도 우리의 생활과 결코 무관하다고 할 수 없을 것이다. 이를 명심하고 생활해야 한다. 올해는 선거도 있으니 말이다. 과제가 많은 1년이 될 것 같다.

오늘은 시댁인 이시가키섬에서 온 식구가 모여 신년회를 한다. 작년에는 감기에 걸려서 참석하지 못한 탓에 2년 만에 가는 것이다. 시댁 조카가 올해 벌써 중학생이다.

나는 조카들에게 세뱃돈을 준 적이 없다. 부유한 집 아이들에게 돈을 주는 건 별로 의미가 없다고 생각해서다. 인색한 숙모라고 할 수도 있겠지만, 그 대신 어려운 아이들을 후원하는 편이 훨씬 낫다고 생각한다.

하지만 유리네(오가와 씨의 애견 몰티즈―옮긴이)에게는 세뱃돈을 줬다. 기쁜 표정으로 날름, 눈 깜짝할 사이에 먹어 치웠다.

유리네와 함께 올해도 저희 가족 잘 부탁드립니다!

유리네
유리네와

신문에 실린 모리 쿠미코 씨 인터뷰를 읽고 아침부터 눈물이 쏟아졌다. 오페라 가수를 꿈꾸며 밀라노 음악대학에 유학 간 모리 씨. 하지만 문득 돌아보니 그날그날 주어진 일만 간신히 해내는 날들.

일본인인 자신이 과연 오페라를 온전히 이해할 수 있을까, 고민하던 끝에 모리 씨는 아버지에게 전화를 걸었다.

"훌륭한 오페라 가수가 되지 못할 것 같아요."

약한 소리를 하는 모리 씨에게 아버지는 이렇게 말했다.

"이탈리아 사람이라고 생각하고 생활해봐. 돌아와서 아버지한테 스파게티 두세 가지라도 만들어준다면 그걸로 충분하잖냐."

이 말에 모리 씨는 어깨 힘을 뺐다. 하루하루 열심히 사느라 버둥거리지 않았다. 그리고 아버지와의 약속을 지키기 위해 술집 아저씨와 대화를 하고, 이웃집 아주머니에게 요리를 배우는 동안에 이탈리아어가 점점 늘었다.

얼마나 자상한 아버지인가.

아버지의 한마디로 마음이 가벼워져서 샛길로도 가다 보니, 어깨에 힘을 주고 있을 때는 보이지 않던 다른 풍경이 보였다. 정말 소중한 깨달음이라고 생각했다. 나도 올해는 딴짓을 해봐야지.

아까 열심히 인터넷 검색을 하는데 펭귄이 "뭐 찾는 거야?" 하고 물었다.

"어떻게 하면 유리네('백합 뿌리'라는 뜻의 일본어―옮긴이)를 맛있게 먹을 수 있을까 해서요"라고 했더니, 잠시 뜨악하고 놀랐다. 아마 유리네를 우리 유리네라고 착각한 것 같다. 설마. 조금만 생각하면 알 텐데.

우리 집에는 지금 채소 유리네가 잔뜩 있다. 홋카이도의 니세코가 보내준 굵직굵직한 특대 유리네. 그러고 보니 우리 개랑 닮긴 했네.

튀긴 게 맛있을 거라고 생각했는데 걸쭉하게 한 앙가케 유리네도 꽤 맛있었다. 폭신폭신하고 살짝 단맛이 나는 게 중독성 있다. 유리네도 마음에 드는지 연신 코를 킁킁거리며 탐냈다. 한 상자 가득 와서 이웃에 나눠주기도 했지만, 그래도 아직 많이 남아서 유리네를 맛있게 먹는 법을 검색한 것이다. 다음에는 유리네 뇨키를 만들어볼 생각이다.

오늘은 우리 유리네가 올해 첫 유치원 등원하는 날. 1년 이상 담당해주었던 트레이너 선생님이 작년 말에 그만둬서 올해부터는 금요일로 바꾸었다.
새 트레이너 선생님과는 궁합이 잘 맞으려나? 새 친구는 생길까? 팔불출 엄마는 종일 불안한 하루를 보낸다.

유리네가 유치원에 가지 않는 날이어서 저녁 무렵 사진관에 사진을 찾으러 갔다. 고로(유리네 친구―옮긴이)네 가족과 같이 찍은 사진이다. 사람 넷과 개 네 마리의 기념사진. 카메라를 똑바로 보고 있는 고로는 정말 대단하다. 지금껏 개 네 마리가 동시에 카메라를 보는 일은 없었는지 사진관 아저씨도 연신 즐겁다고 말했다. 우리도 정말 즐거웠다. 모두가 잘 나왔다. 역시 사진관에서 정식으로 찍길 잘했다. 평생 기념이 될 것 같다.

유치원에서는 그날 유리네가 한 일 등을 쓴 일지 외에 사진과 영상도 보내준다. 그걸 보는 것이 큰 즐거움인데, 오늘은 도그런에서 달리는 유리네 사진이 최고였다. 전부터 생각했지만, 유리네는 아마 전생에 토끼가 아니었을까? 달리는 모습이 완전히 토끼 같다.

그 밖에도 이번 짝꿍인 구루미와 함께 찍은 사진 등이 있었다. 유치원에서 찍힌 유리네의 얼굴은 집에서의 유리네와는 어딘가 다르다. 잘 먹지도 않는 것 같다. 내숭을 떠는 데도 한계가 있을 텐데.

히
아
신
스

1월 16일

어, 오늘은 뭔가 어제랑 다른데, 하고 문득 고개를 드니 히아신스 꽃이 피어 있었다. 일주일 전, 꽃집 앞을 지날 때 히아신스 구근을 샀다. 그때만 해도 몸을 단단히 움츠리고 있는 듯했던 구근이 매일 조금씩 싹을 틔우고 자라더니 결국 오늘 꽃을 피웠다. 다만, 히아신스라는 꽃은 좋아하나 향은 좀 아니었다. 그래서 힘들게 피었는데 미안하지만, 컵째로 화장실로 옮겼다.

세상의 향이 점점 강해지는 것 같다. 택시를 탔을 때 가장 강하게 느낀다. 그 인공 방향제 향. 향이 아니라 내게는 악취다. 잠깐 타는데도 머리가 아프다. 그래서 날씨가 추워도 창문을 열고 바깥의 신선한 공기를 들이마신다. 운전사는 분명히 코가

17

마비됐을 거라고 생각하지만, 그런 향을 24시간 맡으면 건강에 해롭지 않을까 걱정된다. 방향제 악취보다 땀 냄새가 차라리 참기 쉽다. 담배 냄새도 싫지만……

가장 바람직한 건 무취인 택시다. 그러나 기사들은 그 방향제도 서비스라고 생각할 테고, 그걸 좋다고 느끼는 사람이 세상엔 다수일 테지.

방향제와 탈취제도 신경 쓰이지만, 섬유유연제 향도 상당히 강렬하다. 우리 집은 섬유유연제를 사용하지 않고 세제도 아주 적게 쓰기 때문에 빨래에서 향이 거의 나지 않는다. 요즘은 섬유유연제를 필수품으로 사용하는 사람이 많은 것 같다. 이 향에도 점점 무감각해질 것 같아서 좀 무섭다.

나는지 안 나는지 알 듯 말 듯한 정도의 희미한 향이 좋다. 냄새란 사람에 따라 받아들이는 기준이 정말로 다른 것 같다. 나는 파리의 지하철 냄새는 좋아한다.

어제 만든 유리네 뇨키는 정말 훌륭했다. 내 입으로 말하긴 좀 그렇지만 회심작이었다. 보통은 감자를 사용하는데, 유리네로 만든 게 더 맛있는 것 같다. 삶은 유리네를 더 바싹 구워서 올리

브오일을 넉넉히 뿌리고 트뤼프 소금을 살짝. 이런 간단한 요리를 제일 좋아한다. 앞으로는 유리네가 들어오면 뇨키를 만들어야지.

최근에는 날씨가 추워서 그라탱만 만들고 있다. 그라탱은 겨울철의 별미다. 어제는 한참 전에 산 말린 도미로 감자 도미 그라탱을 했다. 오븐에 넣어두기만 하면 되니 아주 간편하다. 굴과 시금치도 황금 조합이지만, 감자와 도미도 거기에 필적하는 궁합이다.

유리네는 추위를 타서 양지 놀이만 하고 있다. 해가 이동하는 데 맞춰서 조금씩 자기 몸도 이동하는 것이 귀엽다. 설날의 거울떡과 감주도 볕에 내놓고 있으면 유리네가 딱딱해진 떡 조각을 훔쳐서 부스러기를 풀풀 날리며 먹고 있다. 맛있니?

손 글
씨

연
습

1월 26일

『츠바키 문구점』 초교지를 보고 있다. 주인공은 아메미야 하토 코로 포포. 가마쿠라 산속이 무대다.

교정지 볼 때 필요한 세 가지 도구는 연필과 지우개와 빨간 펜 이다. 연필은 평소 쓰는 것보다 심도 몸통도 굵은 2B에 삼각형 모양으로, 한참 전에 담당 편집자가 주었다. 그 후 이걸 깎아가 며 계속 쓰고 있다. 지우개는 친구에게 받은 것으로, 원래는 반 듯한 모양이었지만 지금은 형체도 없어졌다. 빨간 펜은 반드시 지울 수 있는 펜을 사용한다. 연필도 지우개도 빨간 펜도 모두 교정지 볼 때만 쓴다.

포포는 문구점을 하면서 편지 대필 일을 한다. 누군가를 대신해서 편지를 쓰는 것이다. 책에서는 실제로 그 편지가 등장한다. 글씨 쓰는 일을 하는 가야타니 게이코 씨가 한 통 한 통, 포포가 되어 써주셨다. 어찌나 훌륭하고 근사한지 한 사람이 쓴 것이라고 믿어지지 않는다. 출간될 책이 너무너무 기대된다.

그런 일도 있고 해서 작년부터 글씨 쓰기를 배우러 다니기 시작했다. 아직 한 번밖에 가지 못했지만. 최근에는 손글씨를 쓸 기회가 좀처럼 없다. 소설도 컴퓨터로 쓰니, 손글씨는 누군가한테 편지 쓸 때나 메모할 때 쓰는 게 고작이다. 어릴 때는 더 정성껏 글씨를 썼던 것 같은데 어른이 되고 나니 대충 쓰게 된다. 더 깊이 있고 여유로운 글씨를 쓰고 싶다고 생각했을 때 글씨 쓰기 얘기가 들어온 것이다.
실은 몇 년 전에 의기충천하여 도구를 전부 준비했지만, 계속하지 않아서 도구만 공중에 떠버렸다.

처음으로 참석한 작년 말 첫 글씨 쓰기 수업에서는 내 이름만 주야장천 연습했다. 선생님의 견본 글씨는 더없이 아름다운데 막상 내가 쓰니 잘 써지지 않았다. 누구나 쉽게 읽을 수 있는 간단한 이름으로 지은 필명이라고 생각했는데, 그리고 획수가 적어서 사인하기도 편할 줄 알았는데, 실은 '小(오)'도 '川(가와)'도 '糸(이토)'도 너무 단순해서 균형을 잡기가 외려 어렵다.

내 책에 사인할 때마다 미안한 기분이 든다. "이거 사인이 아니라 서명이네" 하고 내 사인을 본 연상의 친구가 말했다. 정말 그렇다. 전혀 사인 같지가 않다.

사인을 받은 사람이 실망하지 않고, 기쁜 마음이 드는 글씨를 쓰는 것이 현재 가장 큰 목표다.

오늘은 선생님에게 새해 첫 글씨 숙제를 받아서 그걸 연습했다. 내 이름을 크게 쓰기도 하고, '良都美野(라트비아)'나 'ㅇ'를 마음대로 써본다. 글씨를 쓰든 선을 그리든 뭐든 상관없다. 문득 생각나서 라트비아 신도에서 나의 수호신, 번개신을 나타내는 '卐(만)' 자도 써보았다. 그런데 설마 이 글자에도 필순이 있을 줄은 몰랐다. 뭐, 한자니까 필순이 있는 게 당연하지만. 바른 필순은 가로, 가로, 세로, 세로, 세로, 가로 순이다. 생각했던 것과 달라서 깜짝 놀랐다.

오늘은 집에 있는 붓을 총동원했다. 가끔은 마음을 가라앉히기 위해 먹을 가는 것도 좋은 것 같다.

입춘대길

오늘은 입춘. 지금부터 한 걸음씩 봄을 향해 다가간다.
유리네가 꾸벅꾸벅 기분 좋게 졸고 있다. 춘곤증인가? 고등어
와 다랑어가 주식이 된 유리네한테서 최근 들어 비린내가 엄청
난다.

대만에서 번역된 『바다로, 산으로, 숲으로, 마을로』 견본이 왔
다. 이번엔 문고본보다 사이즈가 훨씬 커졌다. 오리지널 일러
스트도 더해져서 읽지는 못해도 상당히 재미있다. 「캐나다에
서 연어의 마지막을 보는 여행」, 「한겨울 빙수」, 「식당 하테루
마」, 「여름과 겨울 두 번에 걸친 몽골」, 「시가현의 베르소」 등,
나도 잊고 있던 단편이 많이 실려 있다.

대만판 제목은 『행복 식당』이다. 너무 멋진 제목을 붙여주셨다. 마침 이달 말 대만에 가니까 선물을 갖고 가야지. 이렇게 가까운 나라인데 대만에 가는 건 처음이다.

『MOE』도 도착했다. 이달부터 드디어 『마리카의 장갑』 연재가 시작된다. 결국 격월이 아니라 매일 연재가 결정됐다. 히라사와 마리코 씨의 그림이 아주 멋지다.

지금 발매 중인 잡지 『크루아상』과 『어른의 오샤레 수첩』에도 자택 특집이 나온다. 물건을 줄이는 미니멀리즘이 대세인 듯하다. 일본에는 물건이 너무 넘쳐난다! 행복하게 살기 위해 사들이는 물건에 오히려 시달리고 질식할 것 같은 것은 모순이다.

내가 지향하는 것은 틈.
시간에도, 공간에도, 인간관계에도 틈을 만들면 마음에 여유가 생긴다. 생각 없이 살다 보면 물건은 계속 늘어나니 의식해서 줄이는 노력이 필요하다. 필요 없는 물건은 손에 넣지 않는다, 집에 들이지 않는다, 인생에 덧붙이지 않는다, 이런 의식이 필요할지도 모른다.

죽을 때 남길 물건은 주방에 냄비 하나, 여행 가방 한 개 정도가
적당하다고 생각한다.

입춘대길.
글씨 쓰기 숙제로 이걸 썼으면 좋았을걸.

할머니의 오동나무장

할머니가 시집올 때 갖고 왔다는 서랍장이 있다. 100년까지는 아니더라도 아마 80년 이상은 되었음 직한 오동나무장이다. 몇 년 전 그 오동나무장은 도쿄의 우리 집으로 왔다. 일하는 책상 바로 뒤에 두니 할머니가 지켜보는 기분이 들어 마음이 안정되었다.

하지만 역시 시간이 갈수록 낡고 힘이 없어졌다. 오동장이라고 생각했는데 어쩐지 오동나무가 사용된 건 표면의 보이는 곳뿐이고, 나머지는 다른 나무가 사용된 것 같다. 할머니가 돌아가실 때 깨끗하게 다듬어서 물려받긴 했지만, 그 후로 세월이 흘러 슬슬 처리해야 하는 시기가 왔다.

그렇지만 버리는 건 내키지 않았다. 할머니와 같은 방에서 잤던 나는 이 서랍장 손잡이의 달그락거리는 소리가 너무 좋았다. 할머니가 서랍장을 열고 닫을 때마다 달그락 소리가 나서 그걸 들을 때마다 마음이 편안해지던 기억이 난다.

아무리 추억이 많아도 처분하면 대형 쓰레기 취급이다. 그렇다고 옆에 둬도 사용할 수가 없고, 어떡할까 고민하다 서랍장을 리폼하면 좋겠네, 하는 생각이 번쩍 들었다. 그게 딱 1년 전의 일. 의뢰한 사람은 목공 장인 이사도 씨다.

며칠 전, 그 오동나무 서랍장이 자태를 바꾸어 돌아왔다. 아직 깨끗한 상태인 부분만 사용하고 낡은 부분은 새로운 소재를 보충하여 아담한 4단짜리 서랍장으로 바뀐 것이다. 장롱 안에 넣어두고 지갑을 넣거나 액세서리를 정리하는 데 의외로 요긴했다. 너무나 좋은 느낌으로 내 생활에 스윽 녹아들었다.

특히 기뻤던 건 달그락달그락 소리가 그대로 난다는 점. 큰마음 먹고 버리는 건 간단하지만, 이런 형태로 남기길 정말 잘했다. 이사도 씨, 감사합니다!

오늘은 공휴일. 가게들도 놀겠지, 하고 기대하지 않고 들여다보니 채소가게도, 정육점도 열려 있었다. 채소가게에서 죽순을 발견하고는 사지 않을 수 없었다. 가고시마에서 왔다고 한다. 내게 죽순은 봄을 날라다 주는 채소다. 당장 쌀겨 가루를 넣고 죽순을 삶았다.

밤에는 처음으로 마들렌을 구웠다. 귀여웠다. 레이즌 샌드 쿠키 그리고 마들렌. 보기만 해도 기분이 좋아진다. 이번에는 금귤을 넣어보았다. 집 안이 온통 제과점 냄새로 가득하다.

벌써 5년

2월 22일

그제 신문에 실린 다루가와 카즈야 씨 기사가 기억에 남았다. 다루가와 씨의 아버지는 후쿠시마현 스카가와시에서 농사를 짓고 살았다. 후쿠시마 제1원자력 발전소에서 65킬로미터 떨어진 곳이다. 다루가와 씨 집에서는 사고 전부터 되도록 자연에 가까운 형태로 작물을 키우기 위해 농약에 의존하지 않고 유기농 재배를 하고 있었다고 한다. 그가 만든 양배추는 지역 초등학교 급식에도 사용되었다. 그는 안심하고 맛있게 먹을 수 있는 작물을 만드는 데 열정을 쏟고 있었다.

그런 만큼 원자력발전소 사고의 심각성을 누구보다 절실하게 느꼈을지도 모른다. 기껏 정성 들여 키운 양배추를 출하해서는 안 된다는 정부의 통지서가 날아온 다음 날, 그는 스스로 목숨을 끊었다고 한다.

카즈야 씨는 아버지의 죽음을 헛되이 하지 않겠다고 도쿄전력을 고소했고, 겨우 화해했다. 하지만 도쿄전력이 아버지의 장례식에 와서 향이라도 올려줄 거라 생각했으나, 팩스 한 장 달랑 날아온 게 다였다고 한다. 정말로 기가 막힌다.

보들보들한 양질의 흙을 1센티미터 만드는 데 몇 십 년이 걸린다. 그 흙을 지면에서 걷어내서 대량으로 비닐 부대에 담아내야 하는 것이 지금의 현실이다. 방사능 물질을 제거하는 작업이라고 하지만, 그냥 방사능 장소를 이동하는 것일 뿐. 게다가 그 쌓이고 쌓인 오염된 흙을 재사용하여 전국에 뿌린다고 하니, 놀랄 노릇이다.

최근 『체르노빌의 목소리』를 읽었다. 체르노빌도 후쿠시마도 같은 일이 되풀이되고 있다는 걸 알았다. 체르노빌에서도 며칠만이라고 생각하고 지방으로 임시 피신했다가 며칠은커녕 영원히 고향을 떠나야만 했던 사람이 많이 있었다.

선조 대대로 내려온 토지, 가족과 정든 집, 친밀하게 지낸 친척
과 이웃, 가족처럼 사랑을 쏟아온 동물들. 그런 아끼던 것들을
외부의 힘으로 어느 날 갑자기 몽땅 빼앗겼다. 인생을 박탈당
한 것과 마찬가지이고, 또다시 다른 인생을 살라고 강요당하는
것이나 다름없다. 그것을 보상해준다 해도 돈으로 환산할 수
없고, 설령 돈으로 환산한다 해도 막대한 금액이 된다. 그러나
누구도 책임지지 않아서 보상을 바라는 것도 무리다.

다루가와 씨도 사고가 있던 해에 정신적인 위자료로 8만 엔, 이
듬해 4만 엔을 받았다고 한다. 정신적으로 받은 상처가 그런 푼
돈으로 해결될 리 없다. 사고가 일어났을 때는 이제 근본적인
것부터 바뀌어가겠구나, 생각했지만, 최근의 모습을 보면 마치
사고 따위 일어나지도 않은 것 같다.

다루가와 씨의 이야기는 「대지를 이어받다」라는 다큐멘터리
영화로 만들어졌다. 고통스러워하는 서민의 목소리에 더 귀를
기울여야겠다고 생각했다. 『체르노빌의 목소리』를 다시 한 번
읽어봐야지.

사람 냄새가
나는 기획서

2월 26일

『이것만으로, 행복』을 출간하길 잘했다고 생각한다. 덕분에 많은 분을 알게 되었다. 평소 인터뷰 때 만나는 사람은 소설 쪽 종사자일 때가 많은데, 이번에는 다른 분야 종사자들과 만날 기회가 많았다. 나보다 훨씬 어린 편집자, 평소에는 볼 일 없는 신문이나 잡지 쪽 사람들. 그런 분들이 얼마나 자기 일을 열심히 하고 있는지, 소설만 발표했더라면 미처 깨닫지 못했을, 지금까지 몰랐던 세계를 알 수 있었다. 그것이 무엇보다 큰 수확이었다고 생각한다.

소설 이외의 일로 제안을 받았을 때 내 반응은 대충 세 가지 패턴으로 나뉜다.

1. 이건 꼭 내가 하고 싶다!
2. 이건 나한테 무리니 거절하자.

이 두 가지는 거의 직감으로 결정한다.
다만 가장 어려울 때는,

3. 어떻게 할지 바로 판단할 수 없다.

이 회색 존의 결론을 내릴 때다. 결정하지 못하고 어물어물 시간만 지나간다.

이럴 때 참고하는 것이 기획서다. 기획서 같은 거야 어디나 마찬가지라고 생각하면 큰 오산이다. 상당히 좋은 정보가 감춰져 있다. 다른 사람에게 준(혹은 거절당한) 것을 그대로 사람 이름만 바꿔 보낸 것이 훤히 보이거나, 받는 사람 이름이 틀린 경우도 있다. 그런 건 당연히 거절이다. 나도 그렇게 좋은 사람은 아니어서 말이다.

그러나 반대로 건조한 기획서 속에 아주 조금이라도 사람다움이 엿보이면, 그리고 거기에 호감을 갖게 되면 담당자를 만나

보고 싶은 마음이 들어서 긍정적으로 고려하게 된다. 이 일을 의뢰해준 S 씨의 기획서가 바로 그런 느낌이었다. 그리고 실제로 만난 S 씨(남성이다)는 기획서를 보고 상상한 이상으로 멋진 분이었다.

각설하고, 저는 내일부터 대만에 다녀오겠습니다!

대
만
앓
이

아침으로 장미빵을 먹었다. 제빵 콘테스트에서 우승한 우바오춘 씨의 장미빵. 돌아오는 날 오후에 사러 갔다가 말 그대로 한아름 안고 왔다. 꽤 무거워서 고생했지만, 사 오길 너무 잘했다. 우아한 장미 향이 물씬 풍긴다.

살짝 구운 다음 버터와 벌꿀을 발라서 먹었다. 으음~ 행복해라. 대만의 근사한 차예관(다도 문화 체험관—옮긴이)에서 산 홍차도 끓였다. 멋진 조합이었다. 대만 친구끼리 아주 궁합이 좋다.

찻잎을 빵빵하게 채운 중국차 타입의 홍차로, 첫 번째 우린 것은 깊은 맛, 두 번째는 화사한 향이 퍼지고, 세 번째가 되면 가벼운 맛이 난다. 시간과 함께 시시각각 변화하는 모습이 마치 인생과도 같아서, 중국차의 깊이를 진하게 느낄 수 있다.

차예관에서는 약 두 시간에 걸쳐 중국차 다도회에도 참가했다. 찻주전자 뚜껑에 남은 향을 맡기도 하고, 과자를 먹기도 하고, 정말로 고요하고 아름다운 시간을 맛보았다.

이번 여행을 함께한 사람은 연상의 친구인 논논. 두 사람 다 '태평파'여서 관광하거나 쇼핑하러 돌아다니는 일도 없이 마음에 드는 곳에서 가만히 공기를 음미하는 한가로운 여행을 즐겼다.

음식도 훌륭했다. 대만의 노천 가게 요리부터 운남, 광동, 프렌치풍 비스트로, 고급 중화, 모던 중화 등, 매번 중화요리를 먹었지만 조금도 질리지 않았다. 그러나 맛집 정보를 조사해서 간 곳이나 현지에 사는 대만 사람이 가르쳐준 곳에 비해, 타이베이 최고의 고급 호텔에 있는 레스토랑이 가장 맛있었던 것은 좀 분했다.

그러나 대만 요리는 하나같이 정말로 맛있었다. 그중에서도 일화로 약 600엔 정도 하는 콘수프 맛을 잊을 수가 없다. 콘수프를 먹기 위해 또 대만에 가고 싶을 정도다.

돌아오는 날 아침, 호텔 옆에 있는 시장을 둘러보니 채소와 고기가 잔뜩 진열되어 있었다. 하나같이 신선하고 싱싱했다. 사람들도 친절하고 치안도 좋아서 일본에 있을 때처럼 거리를 마음 놓고 다닐 수 있었다. 처음에는 3박이면 짧지 않을까 했지만, 충분했다. 게다가 돌아오는 비행기는 기류 영향인지 정말로 눈 깜짝할 사이에 도착했다. 다음에는 꼭 펭귄도 같이 가자고 해야지. 한동안 대만앓이가 계속될 것 같은 예감이 든다.

이번 여행에서 건진 최고의 기념품은 흰색 물주전자다. 중국 골동품으로, 여기에 한 잔씩 차를 옮긴 뒤 찻잔에 따른다. 다기는 대만 출신인 고로마마에게 빌렸다. 전부터 갖고 있던 유리 찻잔에 마셔보니 아주 안성맞춤인 3점 세트가 되었다. 아아, 장미빵과 홍차, 정말 맛있었다.

인간이 만들지 않은 것

3월 14일

비가 와서 우산을 쓰고 은행에 다녀왔다. 이번 달 세금 낼 돈을 찾기 위해서. 해마다 이 계절이면 생각하지만, 납세자 전원이 이 과정을 거쳤으면 좋겠다. 샐러리맨들은 월급에서 세금을 공제하니 간접적으로 세금을 내지만, 나처럼 한 번 지갑에 들어갔던 돈을 꺼내서 납부하는 경우 좀 더 진지하게 생각하게 된다. 1엔이라도 허투루 사용하지 않기를 간절히 바란다. 물론 그 마음이야 모든 납세자가 똑같겠지만.

일부 정치가들은 마치 자기 돈인 것처럼 세금을 쓴다. 부디 혈세라는 사실을 잊지 않길. 그리고 정치가는 우리 세금으로 고용했다는 것을 명심하고 일해주길 바란다.

요전에 신문에서 동일본 대지진 피해자 1인당 부흥 예산액을 보고 깜짝 놀랐다. 전원에게 아파트 한 채씩을 나눠줘도 이상하지 않을 금액인데, 정작 당사자인 재해 피해자들은 여전히 고통스러운 생활을 강요받고 있다. 그날로부터 벌써 5년이 지났다.

어제 방영된 NHK 특집 방송「원자력발전소 멜트다운(meltdown, 원자로의 노심부가 녹아 원자로 격납 용기가 파괴되는 일—옮긴이)」은 굉장했다. 5년이 지나서야 그때 원자력발전소가 어떤 상태에 있었고 안에서 어떤 일이 일어났는지 알게 되었다. 원자력발전소는 일단 사람이 제어하지 못하면 맹수처럼 날뛰어서 그저 지켜볼 수밖에 없게 된다. 그만큼 무섭고 정체 모를 존재라는 사실이 확실히 전해졌다. 그리고 기적적으로 대참사를 면했다는 사실을 알고 소름이 돋았다. 그런 중대한 위기에 직면해 있다는 것을 당시 국민은 전혀 알지 못했다. 오히려 외국 언론 쪽이 정보를 더 정확하게 알린 것 같다.

실제로 대량의 방사성 물질이 방출되었지만, 만약 원자로 건물이 아니라 2호기 자체가 폭발했다면 정말로 동일본 전역에 사람이 살 수 없는 상황이 됐을 거라고 한다. 그리고 그렇게 되지 않은 것은 사람이 대책을 강구한 결과가 아니라, 순전히 우연이었다는 걸 알고 깜짝 놀랐다. 이건 너무하다고 판단한 신이 유예를 준 거라고 생각하지 않을 수 없다. 신은 그 후 우리가 어떤 선택을 할지 시험하고 있을지도 모른다.

내가 철이 든 뒤만 해도 한신 대지진과 동일본 대지진 등, 두 번이나 큰 지진이 일어났다. 그러니까 거대 지진이 또 일어나리라 상정하고 모든 일을 계획해야 할 텐데. 후쿠시마 제1원자력 발전소도 지금 안에서 무슨 일이 일어나는지 파악조차 못하고 있다. 그런데도 경제를 우선하며 잇따라 원자력발전소를 재가동해도 되는 걸까?

후쿠시마 사람들의 마음은 모른 체하고 올림픽으로 고조된 분위기에 나는 죄책감을 느낀다. 엠블럼이네, 성화대네, 문제가 잇따르는 것도 저주받아서가 아닌가 싶다(2020 도쿄 올림픽을 앞두고 엠블럼 표절 논란, 성화대를 누락한 경기장 설계 등으로 잡음이 끊이지 않았다─옮긴이).

어제 NHK 특집을 보니 가슴이 쿵 내려앉는 듯 암울한 기분이 들었다.

3월 11일자 신문에 실린 해부학자 요로 다케시 씨 인터뷰 중에 이 말이 인상적이었다.

"하루 15분이어도 좋으니 인간이 만들지 않은 것을 보는 게 좋다."

그 말에 헉하고 내 주위를 둘러보았다. 시선이 닿는 모든 곳에 인간의 손이 닿은 것만이 있었다. '인간이 만들지 않은 것'을 발견할 수 없었다. 어쩌지, 하고 슬퍼하다, 하품하는 유리네를 발견하고 안심했다.

바다며 산을 당연하듯 보는 사람과, 나처럼 도시에서 인공물에 둘러싸여 사는 사람은 정서가 전혀 다를지도 모른다.

3·11이 일어난 후, 나와 친하게 지내던 사람들은 거의 도쿄를 떠나버렸다. 그 선택은 옳았다고 생각한다.

3·11이 일어난 뒤, 스스로에게 준 숙제 한 가지가 있다. 공중목욕탕에 갈 때 빌딩 엘리베이터를 사용하지 않기. 아무리 급하고 피곤해도 계단으로 올라간다. 내가 그런다고 원자력발전소를 없앨 수 있는 건 아니지만, 적어도 나름대로 잊지 않는 노력이라고 생각한다. 기억을 고정시키기 위한 압정 같은 것일지도 모른다.

물론 재해 지역에도 희망은 있다. 5년 전 쓰나미로 엄마를 잃은 소년은 밖에서 축구공을 쫓아다니게 되었다. 그 사진을 보고 있으니 나도 모르게 눈물이 쏟아졌다. 하루하루를 평온하게 보내는 것이 얼마나 감사한 일인지 다시금 가슴에 새겨본다.

봄
의
색
깔

3월 17일

오늘 해 질 녘은 완연한 봄이었다. 연분홍빛 하늘에 후지산 그
림자가 선명히 보이면 뭔가 '득템'한 기분이다. 부드럽고 아스
라하고 허무하고, 봄이란 정말로 귀여운 계절이다. 어디선가
달콤한 꽃내음이 후욱 난다.

요전에 레스토랑에서 뜻하지 않게 독자를 만났다. 나에게 두
번이나 편지를 보낸 분이었다.
일을 어찌나 빠릿빠릿하게 하는지 정말 야무진 아가씨구나, 생
각하고 있는데, 세상에, 내 책을 읽은 분이라는 것이다. 이런 멋
진 분이 내 책을 읽어줬다니 정말 기뻤다. 돌아오는 길에 나도
모르게 깡충깡충 뛰고 싶어졌다.

물론 이야기를 쓰는 일은 아주 좋아하지만, 기본적으로는 고독한 작업이기에 긴 터널에서 좀처럼 빠져나오지 못할 때도 있다. 하지만 가끔 이런 만남이 있으면 마치 포상받은 기분이 들어서, 다시 새로운 마음가짐으로 작품과 마주하게 된다.

다음 책, 『츠바키 문구점』은 한 달 뒤에 출간될 예정이다.

간식 먹을래?

3월 24일

벚꽃이 드문드문 피기 시작했다. 볕이 잘 드는 곳에 있는 가지 끝에만 봉긋봉긋. 그러나 기껏 핀 꽃이 다시 추워지는 바람에 동결 상태다. 빨리 활짝 피었으면 좋겠는데.

최근에 유리네가 또 한 마디를 배웠다. 그 전까지 확실하게 아는 말은 "저키!"와 "고로"뿐이었다. "유리네" 하고 불러도 거의 무시하고, "이리 오렴" 해도 멍하니 있고, 심할 때는 되레 멀리 가버리곤 했다.

어째서일까, 고민하던 끝에 제3의 말을 습득했다. 그건 바로 "간식 먹을까?"이다. "간식"이라고만 하면 알아듣지 못하지만, "먹을래?"까지 하면 눈을 반짝거리며 꼬리를 바짝 세우고 다가온다.

정말 알아듣는 건가, 하고 어제는 다른 방에서 곤히 자고 있을 때 말해보았다. 그랬더니 졸린 눈을 껌벅거리면서도 타닥타닥 발소리를 내며 다가왔다. 대단하네. 이렇게 조금씩 사람의 말을 배워가는구나.

먹는 거라면 사족을 못 쓰는 유리네의 식탐도 대단하다. 우리 집 개답긴 하지만.

참고로 유리네의 간식은 수제 당근 비스킷. 쌀가루와 전립분에 당근을 갈아서 섞은 다음 오븐에 구운 것이다. 소금만 넣으면 사람이 먹어도 맛있다. 이걸 유리네는 바삭바삭바삭, 정말로 듣기 좋은 소리를 내며 먹는다. 그 소리를 듣고 싶어서 자꾸 비스킷을 주고 만다.

며칠 전 목욕탕 가는 길에 보니, 전봇대에 붙어 있던 벽보가 없어져서 안도했다. 잃어버린 강아지를 찾는 벽보였다. 어떤 돌발 사고로 애견이 어딘가로 사라져버린 모양이었다. 강아지 사진 외에도 성격과 특징, 연락처 등이 자세히 쓰여 있었다. 주인의 심정을 상상하니 가슴이 찢어질 것 같았다. 그런 벽보가 종종 보이는 걸 보면 드문 일이 아닌 게다. 남의 일 같지가 않다.

만약에 유리네가 없어진다면? 상상만 해도 오싹해진다. 만약 그렇게 된다면 나는 틀림없이 밤새 울면서 찾아다니겠지. "간식 먹을래? 간식 먹을래?" 하고 큰 소리로 외치면서, 유리네가 좋아하는 당근 비스킷을 들고. 수상한 사람이라고 내 쪽이 잡힐지도 모르겠다.

오늘 저녁 메뉴는 돈가스 덮밥. 둘이 먹는 식탁을 위해 돈가스를 튀기는 일은 좀처럼 없지만, 오늘은 펭귄 작업실에 20대의 늘 배고픈 청년이 온다고 도시락을 부탁받았다. 늘 배고픈 청년은 정말로 늘 배를 굶주리고 있어서 이건 절대로 다 못 먹을 거야, 하는 양을 만들어도 하나도 남기지 않고 거뜬하게 다 먹는다.

낮에 유리네를 데리고 정육점에 가서 돈가스용 고기를 넉 장 사 왔다. 그만한 양이라면 만드는 보람이 있다. 한창 먹을 시기의 아이가 있는 집에서는 이런 걸 매일 해야 한다. 보통 일이 아닐 텐데. 그 노고를 알 것 같다.

펭귄의 밥은 조금만 퍼서 찬합에 담고 보자기에 쌌는데 그래도 묵직해서 놀랐다. 과연 오늘도 빈 도시락이 돌아올까?

봄
샤
부

3월 27일

어제부터 「이것만으로, 행복전展」이 열리고 있다. 나도 어제 처음으로 전시를 보았다. 엄청났다. 그러나 부디 오해하지 마시길. 우리 집은 그렇게 멋있지 않습니다(노파심에).

북토크도 성황이었다. 많은 분이 와주시고 말을 걸어주시고 시종 화기애애. 그런 편안한 분위기에서 독자들을 만나는 것은 정말 행복한 일이다. 마지막에는 다 같이 와인을 마셨다. 꿈처럼 두둥실 떠 있는 듯한 시간이었다.

다음 주 토요일은 푸드코디네이터의 요리로 '식사회'가 예정되어 있다.

어제는 집에 돌아와서 샤부샤부를 해 먹었다. 아침에 히로시마의 모토우지나에서 산나물이 와서 신선할 때 바로 먹었다. 봄의 은혜를 먹는 샤부샤부여서 '봄샤부'. 산에서 따온 미나리와 크레송 그리고 땅두릅. 땅두릅은 처음 먹어봤는데 상큼하고 맛있었다.

우리 집은 평소 샤부샤부에 돼지고기를 사용하지만, 어제는 봄이 온 기념으로 소고기 샤부샤부를 했다. 펭귄에게는 소고기를 사용하는 건 특별할 때뿐이라고 다짐을 해두었다.

그제 인터뷰 때 사진기자에게 받은 튤립이 무척 귀엽다. 이런 아련한 색의 튤립이 있었구나. 보고 또 봐도 너무 귀여워서 자꾸 보게 된다.

봄이구나. 유리네도 어딘지 모르게 봄 분위기.

명함 만들기

4월 2일

책이 출간될 때마다 기념으로 무언가를 산다. 주로 책 내용과
연관된 것을 사는데, 이번에 『츠바키 문구점』을 출간하면서는
문구류로 정하고 조립식 활자 세트를 주문했다. 주문 생산품이
어서 몇 개월 기다리다 드디어 내 손에 도착했다. 대문자와 소
문자, 기호 등이 세트로 구성된 알파벳 활자. 작은 상자에 예쁘
게 담긴 그것은 묵직했다. 내가 고른 것은 피라네시 이탤릭체
로 크기는 18포인트다.

아래쪽까지 활자가 나란히 예쁘게 정렬되어 있었는데 무심코
그 열을 흩뜨려버렸다. 그걸 두고두고 후회했지만, 이미 엎질
러진 물이니 어쩔 수 없다.

이것으로 명함을 만들 생각이었다. 실은 나는 명함이 없다. 휴대전화와 같은 이유로 내게는 명함이 필요 없기 때문이다. 그래서 상대방에게 명함을 받아도 나는 건네지 않는 스타일을 관철해왔다. 그러나 아주 가끔 필요할 때가 있다. 명함 인쇄는 100매 단위로 주문받기 때문에 '아주 가끔'을 위해 만드는 것도 좀 뭣해서 망설이고 있었다.

내가 직접 활자를 짜서 인쇄를 하면 필요한 만큼 명함을 만들 수 있다. 그래서 활자 세트를 구입한 건데, 작업이 의외로 어려웠다. 게다가 평소 보는 문자와 좌우가 반전된 형태로 보이니 내가 집은 활자가 무슨 알파벳인지 쉽게 판단할 수 없다. 내가 고른 피라네시 이탤릭체는 특히 장식 문자처럼 복잡해서 얼핏 봐서는 식별하기가 어렵다. 설상가상으로 내 메일 주소가 별나게 길다.

명함에는 한자로 주문한 '오가와 이토(小川糸)'와 메일 주소만 넣을 뿐인데 필요한 활자를 골라내는 데 몇 시간이나 걸렸다. 인제 됐다 싶어도 실제로 잉크를 묻혀서 찍어보면 문자 나열이 잘못돼 있었다. 정말로 섬세한 작업이어서 눈도 점점 침침해졌다.

과거 사람들이 책이나 신문을 인쇄할 때 얼마나 힘들었을지 비로소 알 것 같았다. 내가 내 명함을 만들기 위해 활자를 짜는데도 이렇게 헉헉거리는데 책이나 신문을 찍어낸다면 기절했을 것 같다. 책을 만든다는 게 이렇게 힘든 일이었구나! 내 명함을 만든 것보다도 이 사실을 몸소 깨달은 것이 이번에 활자 세트를 산 가장 큰 수확이었을지도 모른다.

반나절 동안 활자와 격투하다 간신히 바르게 정렬해서 홀더에 세팅하고 한 장, 한 장 인쇄했다. 활자 세트를 갖고 있으면 그때그때 필요한 말과 문장을 짜서 사용할 수 있겠다고 생각했는데, 과연 힘들게 명함용으로 짠 판을 흩뜨릴 용기가 있을까. 이 대로 명함 전용이 될 것 같은 예감이 든다. 하지만 직접 해본 데 의미가 있다고 생각하고 싶다. 그렇게 생각하기로 하자.

참고로 간신히 완성한 활자 인쇄 명함 마무리는 고무도장을 찍는 것과 조금도 다르지 않았다.

활자 조립은 이제 막 시작한 참이니, 앞으로 시간을 들여 더 유효한 사용법이 있는지 모색할 생각입니다.

그래서 더 행복해졌나요?

4월 5일

공항에 직접 마중 나가 이름을 힘껏 부르고 싶을 만큼 너무너무 좋아하는 무히카 씨가 오늘 일본에 온다고 한다.
'세계에서 가장 가난한 대통령'으로 불리는 호세 무히카 씨는 우루과이 전(前) 대통령. 대통령 관저에도 살지 않고 직접 농사를 지으며 논밭 옆 소박한 집에서 아내와 산다. 소유한 재산은 1987년산 낡은 폭스바겐 한 대뿐.

며칠 전, 신문에 무히카 씨 인터뷰가 실렸다. 한마디, 한마디가 가슴을 적셨다.

  "내가 생각하는 '가난한 사람'은 끝도 없는 욕심을 가진 사람,

55

아무리 소유해도 만족하지 못하는 사람이다. 그러나 나는 조금만 가지고도 만족하며 살아가고 있다. 소박할 뿐 가난하지 않다."

"물건을 살 때, 사람들은 돈으로 산다고 생각한다. 그러나 그렇지 않다. 그 돈을 벌기 위해 일한 인생이라는 시간으로 사는 것이다. 살아가기 위해서는 일을 해야 한다. 그러나 일만 하는 인생도 옳지 않다. 제대로 사는 것이 중요하다. 쇼핑을 하는 대신, 인생의 남은 시간이 없어진다면 아무런 의미가 없다. 간소하게 살면 사람은 자유롭다."

"좌파건 우파건 종교건 광신은 반드시 이질(異質)의 것을 증오한다. 증오 위에 선(善)은 절대 구축할 수 없다. 자신과 다른 것에 관용을 베풀어야 비로소 사람은 행복하게 살 수 있다."

이런 식으로 정의를 알기 쉬운 말로 당당하게 얘기해주는 리더가 일본에도 있었으면 좋겠다. 무히카 씨는 현재 세계의 상황에 대해 "모든 것을 시장과 비즈니스가 정해서, 정치의 지혜가 미치지 않는다. 마치 두뇌가 없는 괴물 같다"라고 얘기한다. 전적으로 동의한다.

그는 일본인들에게도 묻고 있다. '그래서 여러분은 더 행복해졌나요?'라고. 그 말이 의미하는 바가 대단히 무겁게 느껴진다.

우리 집 화장실에는 라트비아의 십계명을 쓴 종이가 벽에 붙어 있다. 화장실에 갈 때마다 그 글이 눈에 들어온다. 무히카 씨가 한 말과 겹친다.

사실 지금 나는 내 인생에서 가장 큰 결단을 내려야 할 일과 마주하고 있다. 평소에는 피해서 지나온 '뜻대로 되지 않는 일'. 판단을 잘못하면 앞으로 인생이 장기간에 걸쳐 괴로워질 것 같다. 솔직히 지금도 사라지고 싶을 정도로 괴롭지만. 그러나 이럴 때 가야 할 길의 지표가 되어준 것이 라트비아 십계명과 무히카 씨의 말이다.

어쨌든 나는 건강하고 씩씩하게 살아가고 싶다. 아무리 진흙탕에 발을 담그고 있어도 태양을 향해 나아가는 인생을 살고 싶다. 그걸 깨달아서 너무 좋다.

무히카 씨이이이-! 아까부터 마음속으로 환영 깃발을 흔들고 있는 나. 무히카 씨는 내 마음속 아이돌입니다.

개가 이어주는 만남

4월 10일

꽃잎이 날리는 벚꽃 아래를 유리네와 걸어간다. 유리네는 두 달 뒤에 딱 두 살이 된다. 몸은 거의 어른이다. 체중은 4.7킬로그램.

산책을 가서 자기가 좋아하는 냄새를 찾으면 움직이지 않는다. 자기가 흥미 있는 쪽으로 쭉쭉 끌고 간다. 내키지 않을 때는 걷기 싫은 티를 철철 내며 걷고, 신날 때는 자기가 먼저 빨빨빨 걸어간다.

식탐대마왕 기질은 점점 심해지고 있다. 최근에는 길에 떨어져 있는 것도 '먹을 것'이란 걸 안 순간 입에 넣어버린다. 뭔가를 먹는 사람을 만나면 그 사람을 빤히 쳐다보며 꿈쩍도 않는다.

한번은 길 반대쪽에서 크로켓을 먹으면서 걸어오는 아저씨를 바라보며 미동조차 하지 않아서, 결국 유리네는 그 아저씨에게 크로켓을 얻어먹고 말았다.

흙 위를 걸을 때면 곧바로 '유리네사우루스 스위치'가 켜져서 으르릉! 하고 재촉하고 내 몸에 퍽퍽 부딪히며 폴짝폴짝 점프한다.

일반적으로 말하자면 유리네는 '버릇없는 개'로, 유치원에서도 어느새 말썽꾸러기로 낙인찍혔다. 그런 유리네도 나와 펭귄에게는 너무나 사랑스러운 존재다. 유리네가 가족이 된 뒤로는 좋은 일만 생긴다. 유리네는 우리 집에 행복을 가져다주었다.

밤에 잠자리에 들면 유리네가 옆에 와서 내 팔을 베고 잔다. 체중을 싣는 법이나 머리를 올리는 법에 조금도 신경쓰지 않는다. 그냥 쿵 하고 몸을 내맡긴다. 솔직히 점점 팔이 저리고 아프지만, 쌕쌕 숨소리를 내면서 자는 모습은 미치도록 귀엽다.

처음에는 유리네에 관해서 모르는 것투성이였다. 그러나 최근에는 안아달라는 거구나, 관심 가져달라는 거구나, 하고 서서히 마음을 헤아리게 되었다. 그러고 나니 점점 정이 샘솟고 끈

끈해지고 더할 수 없이 소중한 존재로 느껴진다.

유리네가 없는 생활은 이제 생각할 수 없다. 유리네가 죽으면 그다음 생을 어떻게 살아가야 할지, 벌써부터 걱정이다.

유리네를 데리고 걸어가면 맞은편에서 걸어오는 사람이나 자전거를 탄 사람이 빙긋 미소 짓는 일이 종종 있다. 아무 말도 하지 않고 지나갈 뿐이지만, 얼굴에는 부드러운 미소가 번진다. 그 미소를 만날 때마다 유리네는 존재만으로 사회에 공헌하고 있구나, 생각한다. 그저 열심히 살고 있는 것만으로 누군가를 미소 짓게 하고 평온함을 안겨준다.

2년 뒤면 아흔인 이웃 할머니는 "기억력이 참 좋구나" 하고 몇 번이고 같은 말을 되풀이하면서 유리네의 머리를 쓰다듬었다. 개를 좋아해서 전에는 개를 키웠지만, 이제 나이를 생각하면 키울 수 없다고 한다.

이런 식으로 유리네를 데리고 다니다 보면 많은 만남이 있다. 보행기를 잡고 열심히 걷기 연습을 하는 여자아이가 있다. 휠체어를 탄 할아버지는 카메라를 들고 열심히 꽃 사진을 찍고 있다. 맑게 갠 날 좁은 베란다에서 이불을 널고 열심히 두드리는 여성도 있다. 공원 한 모퉁이 오래된 민가에 사는 고령의 여성은 언제나 정원의 꽃나무를 손질하고 있다. 이런 만남은 전부 유리네가 가져다준 것. 유리네에게 받은 멋진 선물이다.

내 가족은 펭귄과 유리네. 역시 내 피가 흐르는 자식을 낳지 않은 것은 정답이었을지도 모른다. 펭귄과 유리네 둘 다 나보다 먼저 죽을 것이다. 유리네가 무지개다리를 건넌 다음 날 내 인생도 끝나면 좋을 텐데. 인생이란 참 애달프다.

오늘의 유리네. 얼마 전 우리 집에 도착한 라트비아 바구니에서 첫 낮잠을 잤다. 처음 들어간 바구니에서도 바로 잠드는 유리네, 대단하다. 어지간한 일은 신경도 안 쓴다. 상대가 화를 내도 누구네 집 개가 짖나 하고 꿈쩍도 하지 않는다. 슈퍼 내추럴, 슈퍼 마이페이스, 슈퍼 낙천적. 맛있는 밥만 먹을 수 있으면 그저 행복. 나도 그랬으면 좋겠다. 유리네를 진심으로 존경한다.

카
레
요
일

머리가 멍하다. 목이 아프다. 눈이 따끔따끔하고 콧물이 난다. 오싹오싹 기분 나쁜 오한이 든다. 며칠 전부터 이런 증세가 이어지고 있다. 꽃가루가 흩날리는 시기는 끝난 줄 알았는데. 이렇게 심한 것은 몇 년 만이다. 지금도 컴퓨터 글씨가 침침하니 잘 보이지 않는다.

이런저런 사정으로 넋을 놓고 있다가 정신을 차리고 보니 집이 엉망진창이다. 이대로는 안 되겠다 싶어, 일어나서 일단 청소를 하고 방을 정리했다. 심란할 때일수록 청소나 집안일을 하는 게 좋다. 그리고 깨끗해진 주방에서 카레를 만들었다.

내 작품에는 카레가 자주 등장한다. 의도적인 거냐는 질문을 인터뷰 때 받기도 하는데, 전혀 아니다. 그러나 가만 보면 확실히 중요한 장면에서 등장인물들이 카레를 만들거나 먹고 있다. 새삼 생각해보니 카레는 일상에 가까이 있는 재료로 누구나 간단히 만들 수 있다. 물론 몇 가지 향신료를 조합한 본격적인 카레도 있지만, 루를 사용하면 누구나 실패하지 않고 기본적으로 맛있게 만들 수 있다. 내게 카레는 '리셋'한다는 의미가 있는지도 모르겠다.

어제는 추적추적 비가 내렸다. 그래, 카레를 만들자, 하고는 무슨 재료가 있는지 찾아봤다. 뿌리가 텁수룩하게 자란 토란, 싹이 나기 시작한 감자, 반쯤 남은 양파, 누군가가 준 소송채. 며칠 전 스이모노(맑은 국물─옮긴이)를 만들고 남은 버섯도 있었다. 채소는 이것으로 충분.

그러나 도중에 고기가 없다는 사실을 알고 아연했다. 어떡하지. 밖에는 비. 사러 나가기는 싫은데, 생각하다가 냉동해둔 사슴고기가 떠올랐다. 그래서 사슴고기 카레를 만들었다. 하룻밤 재웠다가 오늘 아침에 먹었다.

시판 루를 사용한 사슴고기 카레는 펭귄에게 호평을 받았다.
"평범한 카레네"라며 맛있게 먹었다. 펭귄은 평소 내가 만든
'평범하지 않은 독특한 카레'를 마지못해 먹었던 게 분명하다.
자투리 재료로 만든 카레였지만, 그 자투리를 유용하게 사용해
서 기분이 좋아졌다.

아, 그러나 꽃가루병은 괴롭다. 유리네도 삼나무 알레르기 때
문인지 한쪽 눈이 다 떠지지 않는다.

유리네는 상대가 같은 개면 전연 분위기 파악을 못하지만(그래
서 위협적이고 화난 상대에게도 꼬리를 살랑살랑 흔들며 다가가려고 한다), 상
대가 사람이면 그 자리의 분위기를 굉장히 잘 읽는다. 원래 개
는 아주 잘 '느끼는' 동물이라고 한다. 그래서 주인과 개가 같
은 병을 앓기도 한다고 전에 어떤 책에서 읽은 기억이 난다. 유
리네에게도 내 파장이 옮았을지 모른다. 부부싸움을 할 때 유
리네는 볼 수가 없을 정도로 축 처져 있다.
유리네의 건강을 위해서라도 펭귄과 사이좋게 지내야지.

그건 그렇고 이 재채기 좀 어떻게 했으면 좋겠다. 아까부터 연
신 터진다. 그때마다 유리네가 펄쩍 뛰며 놀란다. 벼락이 쳐도

끄떡하지 않는 유리네가 유일하게 약한 것이 재채기 소리다. 너무 놀란 탓인지 부어서 감겨 있던 눈이 번쩍 뜨였다.

이럴 때야말로 밝은 마음으로, 긍정적으로…… 라고 생각하고 있는데, 좀 전에 『츠바키 문구점』 견본이 왔다! 지금 만나러 갑니다.

편지를 쓰는 시간

4월 17일

새 책이 도착했다. 기쁘고 기뻐서 콧노래가 절로 나온다. 이번에 장정을 맡아준 분은 나쿠이 나오코 씨. 구석구석까지 세심하게 신경 써서 따스하고 아름다운 책으로 완성해주셨다.

주말 아침, 표지 그림을 그려준 슌슌 씨와 책에 등장하는 손편지를 써준 가야타니 게이코 씨에게 감사 편지를 썼다. 편지란 마음에 여유가 없으면 쓸 수 없는 것이다. 상대와 마주함과 동시에 자신과도 마주해야 한다. 마음이 어수선할 때는 편지 같은 걸 쓰고 있을 여유가 없다. 그래서 편지를 쓸 수 있는지, 없는지는 내 마음의 상태를 아는 바로미터가 된다.

마음을 담아 진지하게 편지를 쓰고 싶을 때는 비장의 만년필을 사용한다. 예전에 요시다 씨에게 선물받은 펠리칸 만년필이다. 잉크병에 펜 끝을 담그고 쭉 빨아들이는 과정이 미치도록 좋다. 그때마다 지난번에 빨아들인 잉크가 전부 글씨가 되어 누군가의 곁으로 떠났구나, 생각하면 묘한 기분이 든다.

다만, 아무리 마음을 담아 써도 나중에 다시 읽어보면 내 글씨에 아쉬움을 느낀다. 더 예쁘게 쓰고 싶어서 펜글씨 교실에도 다니기 시작했지만, 아직 갈 길이 멀다.

봉투에 주소를 쓰고, 보내는 사람의 이름을 쓰고, 우표를 고르고 뒤집어서 내 주소와 이름을 쓴다. 그리고 편지를 넣고 봉한다. 모든 것이 일련의 의식이다.

오늘은 마무리까지 신경 써서 밀랍으로 봉했다. 작은 스푼으로 밀랍을 녹여서 봉투 입구에 똑 떨어뜨리고, 위에서 실링 스탬프로 누른다. 그러면 순식간에 밀랍이 굳고 밀랍 위에 무늬가 생긴다.
내가 갖고 있는 봉투 밀랍 세트는 몇 년 전 로마의 문학제에 초대됐을 때 뒷골목 문구점에서 발견한 것이다. 밀랍 하나하나가

칩 상태로 되어 있어서 사용하기 아주 편하다.

마지막에 편지 무게를 체크했다. 저울로 사용하는 것은 베를린 벼룩시장에서 발견한 것. 레트로 감성을 뿜뿜 풍기지만 무게를 정확하게 알려준다. 무게를 초과하면 추가 우표를 붙여야 해서 이 작업은 아주 중요하다. 그다음은 우체통에 넣고 상대에게 도착하기를 기다리기.

이번에 나온 『츠바키 문구점』의 주인공 포포는 대필가로서 이런 식으로 누군가의 편지 쓰기를 돕고 있다. 아마도 나다운 이야기가 완성되어 있지 않을까.

그건 그렇고 구마모토를 비롯한 규슈의 지진 피해가 심각하다. 후쿠오카에 친구가 살아서 메일을 보냈더니 '지진은 지구의 뼈대를 바로잡는 일이니까'라고 답장이 왔다. 확실히 우리가 지구에 사는 이상, 지진 자체를 없앨 수는 없다. 그러니까 제대로 대비하는 것이 중요하다고 새삼 생각했다. 빨리 지진이 진정되기를 기도한다.

가
마
쿠
라
사
람
들

4월 28일

오랜만에 가마쿠라에 다녀왔다. 도쿄에서 쇼난 신주쿠 라인으로 한 시간이면 도착한다. 오후나를 지나는 무렵부터 공기가 진해지다가 기타가마쿠라에 이르면 딴 세상이 된다. 신록도 무성하게 우거지고 시간도 느긋하게 흐른다.

이번에는 「임금님의 브런치」 촬영이 있었다. 역에서 스태프를 만나서 책에 등장하는 장소를 돌며 얘기를 나눈다. 역시 가마쿠라는 좋구나. 내가 가마쿠라에 임시로 살았던 건 겨우 몇 달이었지만, 그 몇 달로 인생이 크게 달라진 것 같다.
가마쿠라 사람들은 어쩌면 그렇게 농밀할까. 인간으로서 밀도가 진하다고 할까, 응축된 힘이 느껴진다.

가마쿠라 생활은 결코 편하지 않았다. 습하고 벌레도 많고 언덕도 많아서 도쿄만큼 안락하지 않다. 그래서 단순한 동경으로 살면 가마쿠라에 뿌리를 내릴 수 없다. 가마쿠라에 오래 산 사람들에게는 '이 땅에 살고 싶어서 사는 것'이라는 강한 의지가 느껴진다. 불편한 것을 오히려 즐긴다.

오랜만에 가마쿠라를 걷다 보니 3년 전 임시로 살던 집이 몹시 그리워졌다. 기회가 되면 또 가마쿠라에 살고 싶다. 가능하면 다음에는 바다 쪽도 괜찮겠는걸, 하고 생각했다.

이번에는 유리네도 데리고 갔다. 드디어 유리네 가마쿠라 데뷔! 개한테도 가마쿠라는 정말 좋은 환경이다. 내가 일을 하는 동안, 유리네는 카즈키 씨한테 맡겼다. 카즈키 씨가 키우는 래브라도 리트리버인 에린기와 함께 산책을 즐긴 것 같다. 가마쿠라에는 절과 신사가 많이 있어서 산책 코스에서 빼놓을 수 없다.

유리네는 개하고 노는 걸 좋아하는 데다 큰 개를 보면 사족을 못 쓰는 아이여서 에린기와 노는 게 정말 행복했을 거다. 5킬로그램의 유리네를 이동장에 넣어서 데리고 가는 것은 솔직히 힘들었지만, 같이 가길 정말 잘했다. 나도 유리네도 가마쿠라 공기를 마음껏 즐겼다. 신록도 아름답고 곳곳에 핀 꽃도 예뻤다. 가마쿠라에 있으면 몇 번이고 심호흡을 하고 싶어진다.

소풍을 다녀와서 완전히 지쳤는지 돌아오는 전철에서는 나도 유리네도 녹초가 돼버렸다. 유리네는 귀가 후 미동도 하지 않고 깊이 잠들었다. 자는 얼굴이 무척이나 행복해 보였다.

가마쿠라는 이제부터 수국의 계절. 단카즈라(가마쿠라역 동쪽에서 쓰루가오카하치만궁으로 이어지는 와카미야 대로의 중앙에 만든 보행자용 참배길─옮긴이) 공사도 끝났으니, 한 손에 책을 들고 소풍 가는 기분으로 즐겨주시면 좋겠다. 가마쿠라에서 편지 쓰기도 멋있겠네요!

만들고, 만들고, 먹고, 만들고

올해 황금연휴는 설날 같았다. 집에만 있으면 정말 고요하다.
동네를 다녀도 정적이 감돈다.

연휴 첫날, 채소가게에 갔더니 벌써 락교가 나와 있었다. 그렇
구나, 벌써 그런 계절이구나, 생각하는 동시에 바로 손이 나갔
다. 집에 돌아와서 물에 씻었더니 아주 질이 좋은 락교였다.
락교는 바로 싹이 나니 되도록 빨리 처리해야 한다. 깨끗하게
씻은 뒤, 수염과 대가리(?) 부분을 떼고, 뜨거운 절임 소스에 절
였다. 절임 소스 비율은 언제나 마음대로. 그래서 아주 맛있는
해와 '잉?' 하는 해가 있다. 작년에는 아주 맛있었지.
올해 락교에는 남은 매실초를 넣어보았다. 자, 과연 어떻게 될

까? 다음 날 아침, 햇살을 받은 락교는 뭔가 산뜻했다.

요즘 즐겨 보는 책은 노무라 히로코 씨의 요리책이다. 노무라 씨는 요리연구가 노무라 유리 씨의 어머니로, 대단히 감각 있는 요리를 만든다. 내가 갖고 있는 『사라지지 않는 레시피』에는 히로코 씨가 계절마다 만드는 요리 레시피들이 잔뜩 소개되어 있다.
그중에서 가장 만들어보고 싶다고 생각한 것이 '새우와 연근 시가렛'이었다. 춘권피에 새우와 연근을 넣고 가늘게 말아서 기름에 튀긴 것이다. 나는 춘권피가 아니라 더 얇은 완탕피로 첫 도전.

남은 것은 다음 날 아침에 데쳐서 대만에서 산 미펀(볶은 쌀국수—옮긴이)과 같이 먹었다. 이것도 아주 맛있었다. 새우와 연근 이외에 포인트가 되도록 고수를 넣어도 괜찮을 것 같다.
그다음에는 계절 채소와 아스파라거스를 넣고 키슈(파이에 치즈, 야채, 어패류 등을 얹고 달걀과 우유로 만든 소스를 뿌려 구운 요리—옮긴이)도 굽고, 오키나와의 이시가키 섬에서 온 파인애플로 타르트도 구웠다.

만들고, 만들고, 먹고, 만들고, 주방에 계속 서 있었던 연휴였다. 유리네도 미용을 해서 반질반질. 담당자에게 미용을 맡길 때는 "빡빡 깎아주세요" 하고 부탁한다. 말이 좋아서 '서머 커트'지, 사실은 '이코노미 커트'다. 유리네는 겨울에도 서머 커트. 유리네에게는 좀 안됐지만, 털이 금방 자라서 어쩔 수 없다. 강아지 미용비가 장난 아니게 비싸니.

유리네는 열린 창 옆에서 기분 좋게 자고 있다. 연휴가 끝나는 것이 조금 아쉽다.

맛있는 계절
맥주가

5월 20일

해 질 녘 마시는 맥주가 맛있는 계절이 되었다. 목욕탕에서 돌아와서 저녁 준비를 마치고 안주를 집어 먹으면서 가볍게 걸치는 한잔이 미치도록 좋다. 계절이 이쯤에서 멈춰주면 좋을 텐데. 지금도 창으로 기분 좋은 바람이 들어오고 있다.

『츠바키 문구점』이 나온 지 거의 한 달이 지났다. 편지를 소재로 한 이야기인 덕인지 정말 많은 독자 카드와 편지가 날아온다. 진심으로 감사하고 있습니다. 고맙습니다!
이럴 때 아, 내가 던진 공이 제대로 갔구나, 하는 것을 절실히 느낀다. 물론 백이면 백 모두에게 제대로 전달됐을 리는 없고, 모두가 좋다고 말해줄 수는 없겠지만, 그래도 받아야 할 사람에게 제대로 간 것 같아서 정말 기쁘다.

소설을 쓰는 동안에는 그다지 행복하지 않았다. 오히려 고통스러울 때가 많았다. 그러나 뚜껑을 열어보니 뭔가 포근하고 부드러운 공기가 잔뜩 들어간 흐뭇한 얘기가 만들어져 있었다. 여러 가지 이유를 종합하여 이 작품을 쓰길 잘했다고 생각한다. 데뷔한 지 8년이 지나서, 이제야 어깨 힘을 빼고 쓰게 됐는지도 모르겠다.

오늘은 잼을 만드는 미쓰코지 씨와 스페인 식당에 점심을 먹으러 다녀왔다. 미쓰코지 씨의 잼이 영국 마멀레이드 콘테스트에서 금메달을 따서 축하하는 자리였다.

금요일 오후는 이런 식으로 누군가를 만나거나 좋아하는 카페에 간다. 최근에는 금요일 오후에 인터뷰가 있었는데, 오랜만에 일 없이 한가롭게 보내서 즐거웠다.

이날 안경가게를 지나가다 진열장에 있는 선글라스를 샀다. 요즘 눈이 잘 보이지 않아서. 눈 건강을 위해서는 평소 외출할 때도 선글라스로 눈을 보호하는 편이 좋다고 한다. 선글라스는 벨기에 제품으로 주문한 뒤에 우편으로 배송받기로 했다. 2주 뒤에 도착한다. 줄곧 선글라스를 갖고 싶었는데 잘됐다.

좋아하는 카페 중 하나인 '책과 커피Tegamisha'에서 이번에 북토크를 하기로 했다. 『츠바키 문구점』에 수록된 손편지를 써주신 가야타니 게이코 씨가 게스트로 참석한다. 이어서 북페어도 열기로 했다.

'책과 커피'는 내가 정말로 좋아하는 곳이다. 2층 매장에는 멋진 물건이 많아서 엽서며 귀여운 간식 등을 자꾸 사게 된다. 내가 좋아하는 장소에서 북토크와 북페어를 하다니, 정말 기쁘다. 여러분 만날 날을 기대합니다!

닦고, 닦고, 닦고, 닦고

5월 31일

어쩐지 내 몸의 청소 스위치가 켜진 것 같다. 일요일 아침에 일어났더니 갑자기 청소를 하고 싶었다. 자세히 보니 바닥이 상당히 지저분했다. 바닥만 보면 잘 모르지만, 킬림러그를 깐 곳과 비교하면 한눈에 알 수 있었다. 우리 집은 개가 있어서 바닥이 금세 더러워진다.

평소에는 거의 로봇청소기 룸바에게 맡기고 있지만, 룸바도 지우지 못하는 얼룩이 있을 것이다. 그래서 대대적으로 손걸레질을 하기로 했다. 지금까지는 물걸레질만 했지만 이번에는 소다를 사용해봐야겠다는 생각이 번뜩 들었다. 결과는 대성공. 이렇게까지 깨끗해질 줄은 몰랐다.

몇 년 전, 역시 프로는 다르겠지, 하고 하우스클리닝을 부탁한 적이 있다. 확실히 열심히 닦아줘서 깨끗해지긴 했지만, 끝난 뒤 세제 냄새 때문에 미칠 뻔했다. 평소 우리 집에서는 되도록 환경에 부담이 가지 않는 것을 사용하기 때문에 합성세제 냄새를 맡으면 머리가 아프다. 소다를 사용하여 깨끗이 해주는 청소 서비스가 있다면 수요가 높을 텐데, 그런 곳은 아마 있더라도 극소수일 테지.

절대 지워지지 않을 거라고 포기했던 부엌 바닥도 소다로 닦아내니 말끔해졌다. 이렇게 간단한 거라면 남의 손을 빌릴 것까지도 없겠다 싶었다. 도저히 엄두가 나지 않는 환풍기 같은 건 별개지만.

겨우 몇 시간 바닥 닦기에 전념했을 뿐인데 집이 몰라볼 정도로 환해졌다. 바닥도 매끈매끈. 아기 피부 같다. 우리 집은 해마다 이 시기에 대청소를 하게 된다. 여름에 장기간 집을 비우는 일이 많아서, 다녀왔을 때 기분이 좋도록 청소를 해두는 것이다.

바닥이 깨끗해졌으니 다음은 창문 닦기. 창문 닦기는 막상 시작하면 간단한 일인데 하려고 마음먹기까지 시간이 걸린다. 그러나 창문이 반짝거리면 기분이 좋다. 그러고 보니 들은 얘기지만, 독일에서는 창문이 더러우면 이웃에서 주의를 준다고 한다. 독일 사람들은 정말로 청소를 좋아하네. 본받아야지!

아, 오늘로 5월도 끝. 내일부터는 6월이다.

북토크

지난주 목요일, 1박 2일로 가마쿠라에 다녀왔다. 역시 좋았다.
대체 뭐지, 그 공기감은.
시간이 원래의 속도대로 흐른달까, 무리를 하지 않는달까.

처음 가는 숙소에 혼자 머물러서 밤에는 좀 무서웠지만, 다행
히 가위눌리지 않고 무사히 보냈다. 집에서 돌소금을 갖고 가
서 베갯머리에 두고 잔 것이 효과가 있었을까.
아침에는 휘파람새 소리 덕분에 상쾌한 기분으로 잠에서 깼다.
지저귀는 새소리를 듣는 것만으로 무척이나 평온한 기분이 든
다. 관광 명소인 하치만궁도 물론 좋지만, 가마쿠라의 가장 큰
매력은 무심한 골목길 같다. 그저 걷기만 해도 행복하다.

강물이 느긋하게 흐르고 새가 지저귀고 길가에는 들꽃이 피어 있다. 슬슬 수국도 피기 시작했다. 가마쿠라에는 명월원(明月院) 등 수국 명소가 몇 군데 있지만, 굳이 혼잡한 곳에 가지 않아도 수국을 즐길 장소는 얼마든지 있다.

다음 날 '책과 커피' 북토크 참석자들께 줄 선물로 하토사브레 과자를 준비했다. 하토사브레는 관광객뿐 아니라 지역 사람들도 아주 좋아한다. 토시마야에는 하토사브레 말고도 맛있는 과자가 많다.
나는 조그만 라쿠간(불교 행사나 제사 음식으로 쓰기도 하는 고급스러운 화과자―옮긴이) 같은 과자가 정말 좋다. 이름이 뭐였는지 잘 생각나지 않지만.

북토크에는 많은 분이 와주셨다. 책 속의 편지를 써주신 가야타니 씨, 표지 등 일러스트를 그려주신 슌슌 씨와 나란히 앉아서 즐겁게 얘기를 나누었다. 나를 포함해 세 사람 다 '쓰는' 일을 생업으로 하고 있다.

가야타니 씨의 "편지에도 때가 있다"라는 말이 인상적이었다. 확실히 그렇다. 잘 쓰지 못하니 안 보내, 라고 할 게 아니라, 잘 쓰지 못한 상태도 전부 포함해서 지금의 기분일지 모른다.

글씨는 잘 쓰고 못 쓰고가 아니라 거기에 마음이 담겨 있는가, 아닌가가 중요한 것. 마음을 담아 정중히 쓰면 설령 결과적으로 예쁜 글씨는 아니더라도 상대에게 그 성의는 전해진다.

이번에 『츠바키 문구점』을 위해 가야타니 씨가 써준 편지 실물은 정말로 근사하니 이번 기회에 꼭 봐주세요.

그리고 벽 한 면 가득 쭉 꽂힌 내 책에 압도되었다. 지난 8년 동안 꽤 많은 책을 냈구나. 언제나 눈앞의 한 권만 생각하며 일을 하지만, 그것이 한 걸음, 두 걸음 조금씩 앞으로 나아가다 어느새 돌아보니 출발 지점에서 한참 멀리까지 와 있다. 8년이나 '쓰기'를 계속해왔다니, 정말로 행복한 일이다.

그게 가능하게 해주신 독자 여러분, 정말 감사합니다. 또 다음 책을 전해드릴 수 있도록 애쓰겠습니다.

북토크 마지막에 참가자분에게 질문을 받았는데, 아, 더 다른 말로 전했더라면 좋았을 텐데, 그 얘기를 하면 좋았을 텐데, 하고 언제나처럼 1인 반성회를 계속하고 있다. 그러나 즐거웠다. 그런 편안한 형태로 독자들과 만나는 것은 정말 기분 좋은 일이다. 참가해주신 여러분께 진심으로 감사드립니다. 또 언제

어딘가에서 다시 만나게 되기를!

그나저나 슬슬 커피젤리의 계절이 온다. 만드는 법은 아주 간단하다. 진하게 끓인 커피 400cc에 젤라틴파우더 한 봉투를 녹인 다음 냉장고에서 식히면 끝. 그러면 아주 말랑말랑한 젤리가 완성된다. 먹을 때는 꿀과 우유를 뿌려서. 푹푹 찌는 더운 날에 더없이 좋은 디저트다.

올
해
여
름
은

눈 깜짝할 사이에 일주일이 흘렀다. 가마쿠라에서 1박한 뒤 야마가타에서 1박, 히로시마에서 1박, 이리저리 날아다니는 날들이었다. 히로시마에는 내 책을 판매하는 서점에 인사하러 다녀왔다. 『츠바키 문구점』을 많이 응원해주셔서 정말로 기뻤다. 감사합니다!

히로시마에서 신칸센을 타고 도쿄로 돌아오는 도중에 오사카에 들렀다. 교토에는 몇 번 다녀와서 대충 지리를 알지만, 오사카는 손에 꼽을 정도밖에 간 적이 없다. 전철을 타면서 가슴이 두근거렸다. 그리고 무사히 하다카비나(알몸의 남녀 인형 세트로 부부 화합을 기원하는 장식품─옮긴이)와 무츠비이누(두 마리의 강아지가

함께 있는 인형으로 재운과 행복을 기원하는 장식품 ─ 옮긴이)를 샀다. 오
사카의 스미요시 신사에 가지 않으면 이런 걸 살 수가 없다. 엄
청나게 더운 날이었지만, 용기 내어 가길 잘했다.

무츠비이누는 우리 집 화장실 책 선반에서 조용히 사랑을 받고
있다. 강아지 두 마리의 표정이 너무 좋다.

오늘은 아침부터 청소. 소다를 사용하여 주방 주변을 한 번 더
깨끗이 닦았다.
내일부터 장기간 집을 비운다. 그렇다, 올여름도 우리 집은 베
를린으로 대이동. 지금까지와 다른 것은 유리네도 함께 떠난다
는 것. 가족이 된 이상, 유리네만 집을 보게 할 수도 없어서 이
번에는 사람 둘과 개 한 마리가 동반 여행을 하기로 했다.

유리네도 이동장에 넣어서 객실에 태울 수 있다. 유감스럽게
일본 항공회사에서는 아직 무리지만, 유럽계 회사라면 규정 조
건만 지키면 객실에서 함께 갈 수 있다고 한다. 이동장에서 꺼
낼 수는 없지만, 발밑에 두고 상태를 볼 수 있으니 화물칸에 맡
기는 것보다 훨씬 걱정이 덜하다. 이제 기내에서 얌전히 있어
주기만을 기도할 뿐.

된장과 조미료는 냉장고에 넣어두었고 식재료도 거의 다 썼다. 겨된장은 상하지 않도록 소금을 수북이 뿌려 보관해뒀다. 청소도 한바탕 끝냈고, 신문도 끊었고, 짐도 다 쌌고, 내일 아침 공항으로 가기만 하면 된다. 이런 식으로 가족 모두 대이동할 일이 앞으로 몇 번이나 남았을까. 어쩌면 이번이 마지막일지도 모른다. 그러니까 마음껏 베를린 공기를 마시고 와야겠다. 독일에 가자마자 바로 라트비아 취재도 있으니, 또 많은 에너지를 흡수해야지.

요전에 가구라자카의 한 가게에서 후쿠다루마(오뚝이처럼 생긴 목각 장식품─옮긴이)를 발견했다. 후쿠다루마는 마트료시카와 같은 구조로 몸체 부분을 돌리면 위아래로 분리되어, 안에 물건을 넣을 수 있다.
9월이 되어 우리 가족 모두 건강하게 집으로 돌아오면 작은 후쿠다루마를 사야겠다. 그리고 소원이 이루어질 때마다 조금씩 사이즈를 키워야지.

베를린에서의 첫 아침

6월 17일

지금 이쪽 시간은 아침 7시 전. 바깥은 비.
맞은편 아파트에 사는 여성이 창으로 머리를 내밀어 하늘을 올려다보고 있다.

무사히 베를린에 도착했다. 뮌헨에서 갈아탈 때 기재 문제로 세 시간 정도 연착되긴 했지만, 그날 안에 무사히 숙소에 도착했다. 일본에서 아침을 맞은 뒤 거의 만 하루를 깨어 있었다.

하네다에서 뮌헨까지는 열한 시간 반. 장시간 이동이 유리네에게 어떤 영향을 미칠지 걱정이었지만, 유리네는 대체로 쿨쿨 잘 잤다. 과연 슈퍼 내추럴. 너무 조용해서 기력이 떨어졌나 걱정되어 몸을 흔드니 오히려 귀찮다는 눈으로 보곤 했다.

독일에 개와 함께 입국하는 조건은 마이크로칩 장착과 백신 접종. 서류만 제대로 챙기면 입출국 수속이 눈 깜짝할 사이에 이뤄진다. 입국 때는 그게 수속이었다는 걸 나중에야 깨달았을 정도로 간단했다. 뮌헨 공항에서는 목줄만 하면 이동장에서 꺼내놔도 돼서 기다리는 시간 동안 많이 걷게 할 수 있었다.

이번에도 7월 말까지는 크로이츠베르크에 있는 안나 씨의 집에 머물기로 했다. 벌써 몇 번째인지 모른다. 출입이 자유로운 아파트여서 심야에 도착해도 안심이다. 지금까지 베를린에 있는 몇 개의 집을 빌려 살아봤지만, 이 집이 가장 살기 편하고 쾌적했다. 물건이 있어야 할 곳에 제대로 수납되어 있어서 아주 깔끔하다.

어제는 일단 갓 도착해서 세제며 식료품, 유리네의 간식을 사온 후, 일본에서 갖고 온 쌀을 씻어서 멸치밥을 해 먹고 유리네도 함께 늘 가던 카페로 커피를 마시러 다녀왔다. 여전히 커피가 맛있었다.

펭귄이 아보카도 샌드위치며 시나몬롤을 주문했다. 그리고 밤에는 근처의 이탈리아 레스토랑으로. 역시 이곳에도 유리네를 데리고 갔다. 바깥 테라스석은 기본적으로 애완견 동행이 가능하고, 가게 안도 애완견 출입을 허용하는 가게가 많다. 물론 시끄럽게 굴지 않고 다른 손님에게 폐를 끼치지 않는 것이 조건이긴 하지만.

첫날치고 유리네의 태도는 그럭저럭 합격점이었다. 이곳에 있는 동안 영리한 베를린 개들을 보고 배워서 매너 있는 개로 거듭나기를. 대망의 베를린 데뷔를 한 유리네는 상당히 의기양양해졌다.

일기를 쓰는 동안에 비가 그친 것 같다. 오늘은 펭귄 생일이다. 드디어 60대의 마지막 1년이 시작된다. 그래서 펭귄은 올해가 '69한(일본어 발음으로 '롯쿠'로 '롯쿠ロック하다'는 '세상 인식에 구애받지 않고 자유롭게'라는 의미가 있다─옮긴이) 해'라나.
내내 가고 싶다고 얘기하던 아파트 앞 레스토랑이 하필 만석이어서 오늘 밤은 집에서 축하하기로 했다. 펭귄에게 알찬 1년이 되게 해주세요!

초록이 있는 것만으로

베를린에서 맞이한 첫 주말. 대체 이 공기감은 뭐지 싶다. 베를린에 올 때마다 느끼는 바람직한 시간의 흐름. 천천히도 아니고 빠르게도 아니고, 딱 좋다고 할까, 옳다고 할까. 시간이 원래 있어야 할 모습으로 흐르는 듯이 느껴진다. 그 이유가 무엇인지 알 수 없었지만, 어쩌면 초록의 힘이 아닐까, 이번에 와서 생각했다.

베를린에는 나무가 정말 많다. 도시 중심에는 커다란 공원이 있고, 지금 사는 아파트 옆에도 큰 공원이 있다. 도시 전체가 '숲'이라고 해도 좋을 정도로 가로수도 많다.
베를린에서는 익숙한 가로수지만, 일본에서 이렇게 나무가 많

이 심어져 있는 도로는 거의 없다. 바로 떠오르는 것은 긴자에 있는 거리 정도.

창 너머에 초록이 펼쳐져 있는 것만으로 풍요로운 기분이 든다. 나무가 많이 있다는 것은 새도 많이 찾아온다는 말. 아름다운 지저귐이 끊임없이 울린다. 그렇게 간단한 것으로 너무나 편안하고 평온한 기분이 든다. 일본에도 나무를 많이 심으면 좋을 텐데, 라고 생각하지만 쉽지 않은 현실 같다.

어제 펭귄의 생일을 축하하러 간 가게는 훌륭했다. 집에서 길만 건너면 가게. 드디어 베를린에도 이런 요리가 나오는 레스토랑이 생겼구나, 생각하니 기쁘다. 독일에는 맛있는 음식이 없다고 생각하는 사람들의 고정관념을 완전히 깨뜨릴 만하다. 가게 분위기도 소박했지만, 제대로 된 것은 제대로 되어 있어서 그야말로 베를린 스타일이다. 얼핏 나뭇잎으로 보이는 벽에는 소시지나 생햄, 문어 등이 그려져 있었다. 이 변태스러움도 '더 베를린'이라는 느낌. '69한 나이'를 축하하기에는 최고의 레스토랑이었다.

오늘은 유리네를 데리고 티어가르텐에 가기로 했다. 도시 한복

판에 있는 커다란 공원이다. 옛날에 그곳은 왕의 수렵장이었다고 한다.

유리네, 펭귄과 버스를 기다렸다. 그때, 실버카를 끌고 다니는 할머니가 다가왔다. 할머니가 뭐라고 독일어로 말을 걸었다. 그러나 도통 무슨 말인지. 버스가 언제 올지 묻는 거라고 멋대로 해석하고 펭귄이 필사적으로 '3분'을 몸짓, 발짓으로 전하려 애썼지만 잘 전달되지 않는 듯했다. 할머니는 다시 독일어로 말을 건넸다.

그때, 아기를 안은 가족이 지나갔다. 할머니가 이번에는 그 가족 중 아빠에게 말을 건넸다. 그리고 이번에는 그 남자가 우리한테 영어로 말했다.

"오늘은 사이클링 경주가 있어서 버스가 오지 않는대요."

그랬다. 할머니는 같이 버스를 기다리는 게 아니라, 우리한테 버스가 오지 않는다는 사실을 필사적으로 전하려고 한 것이다. 친절하셔라. 이런 친절은 드문 것이 아니다. 독일에 있으면 따스한 행동을 많이 만난다.

뮌헨 공항의 애견 출입이 금지된 레스토랑 앞에서 곤란해할 때도 그랬다. 한 신사가 나와서 유리네에게 오더니 자기가 앉아 있던 자리를 양보해주었다. 그곳이라면 창을 사이에 두고 유리네를 로비에 묶은 채 안에서 식사할 수 있다. "우리 집에도 4개월 된 강아지가 있답니다" 하고 사진도 보여주었다. 이런 다정한 친절을 접하면 여행이 훨씬 즐거워진다.

결국 티어가르텐까지 가는 건 포기하고 근처 공원을 산책했다. 도그런도 넓디넓어서 일부러 멀리 나가지 않고 그 공원만 걸어도 충분했다. 안에는 작은 어린이 동물원도 있고 아주 즐거운 곳이었다.

지금부터는 주먹밥을 만들 예정이다. 베를린에서 산 우오누마산 최고급 쌀로 밥을 짓고 아키타 소금을 처음으로 뜯었다. 그리고 요전에 사둔 흰 소시지를 삶으면 저녁 완성.

내일부터 나는 라트비아로 취재 여행을 간다. 베를린에서 리가까지는 직항이 있어서 두 시간 남짓 걸린다. 두 번째 가는 라트비아는 내가 진심으로 경애하는 나라다. 여행 목적은 하지 축제에 참가하는 것. 마치 연인을 만나러 가는 것처럼 설레는 기분이다.

나의 조국

6월 27일

잘 다녀왔습니다, 베를린!

지난주 금요일 라트비아에서 돌아왔다. 돌아오는 길에는 지금 같이 일하는 편집자 모리시타 씨와 일러스트레이터 히라자와 마리코 씨도 함께였다. 라트비아에서 합류하여 그대로 베를린에서 주말을 보냈다.

베를린을 찾는 사람들이 무엇을 느끼길 바라는가 하면 공기의 흐름이랄까, 공기감이다. 그냥 관광으로 베를린에 오면 좀 시시하게 느껴질 것이다. 브란덴부르크 문 같은 관광 명소는 있지만, 그보다 사람들 삶의 방식 자체가 더 매력적인 도시다. 그래서 두 사람에게도 마치 태극권을 하는 마음으로 베를린 공기 자체를 음미해주었으면, 하고 바랐다.

어제는 두 사람이 베를린에 머무는 마지막 날이기도 해서 베를린 필하모니의 야외 콘서트에 갔다.

저녁 무렵에 자비니 플라츠에서 만나, 먼저 가까운 카페에 가서 건배. 맥주, 사이다, 레드아이, 화이트와인 등 각자 좋아하는 음료수를 주문했다.

이곳은 2011년 여름, 처음으로 베를린에 장기 체류한 의미 있는 장소다. 당시는 너무 서쪽서쪽해서(이런 말은 없습니다만) 여긴 베를린에 있는 느낌이 들지 않네, 라고 생각했지만, 여러 곳에 살아보니 이곳도 그다지 나쁘지 않았다.

지금 독일은 한창 축구 시즌이다. 해마다 이 시기에 오면 늘 그렇지만, 올해도 유럽 선수권 대회로 엄청나게 고조되어 있다. 레스토랑이나 바에서는 밖에 테이블과 의자를 내놓고 대형 모니터로 함께 관전하는 것이 일반적이어서, 인기 시합이 있을 때는 사람들이 빽빽이 모인다.

물론, 독일은 승승장구하고 있다. 어제 마침 우리가 각자의 음료를 들고 건배할 때, 슬로바키아전이 시작되었다.

옆 테이블에서는 개까지 독일 컬러 목줄을 하고 응원(?) 중. 최고로 독일다운 시간을 보내는 법이었다.

재미있는 것은 시차. 독일 측 승부차기를 손에 땀을 쥐고 보고 있는데 옆 가게에서 한숨 소리가 크게 들렸다. 뭐지? 생각한 몇 초 뒤, 우리가 보고 있는 화면에서 독일 선수가 찬 공이 상대 골키퍼에 튕겨 나왔다. 옆 가게 쪽이 몇 초 빠른 영상을 보고 있었던 것. 이건 좀 웃겼다.

우리는 도중에 관전을 마무리하고, 전에 자주 갔던 대만 요리 가게에서 배를 채웠다. 메뉴는 군만두와 산라탕면. 주인아저씨와 아주머니도 건재해서 안도했다. 동양인에게는 이런 가게가 정말 고맙다. 무조건 위가 기뻐하는 느낌.

드디어 콘서트!
첫 곡이 느닷없이 「나의 조국」이어서 소름이 돋았다. 1년 전 여름, 혼자 베를린 친구 집에 있으면서 몇 번이나 이 곡을 들었는지 모른다. 연주는 2악장의 「몰다우」. 스메타나가 완전히 청각을 잃고 처음으로 쓴 곡이다. 게다가 그는 이것을 20일 남짓한 시간에 만들었다. 이 곡은 흐르는 몰다우강을 표현했다고 한다. 구불거리는 강이 때로는 유연하게, 때로는 격렬하게 마을과 숲을 흘러간다. 스메타나의 조국을 향한 깊은 사랑이 느껴지는 곡이다.

마침 작년에 라트비아를 방문한 직후여서 라트비아 사람들의 조국을 향한 마음과 포개져 내 가슴에 비수처럼 깊이 박힌 곡이었다. 이걸 베를린 필하모니의 연주로 재회할 줄이야!

콘서트가 끝날 무렵에는 하늘도 어스레해지고, 아파트로 돌아가는 길에 올려다본 밤하늘에는 별이 드문드문. 집에 가니 너무 오래 집을 비워서인지 유리네가 '흐응-흐응' 하고 어리광 섞인 콧소리를 냈다. 배가 살짝 고파서 펭귄이 삶은 국수를 같이 먹었다.

라트비아 출장도 끝나고, 손님도 돌아가고, 이번 주부터는 평소와 같은 베를린 생활이 시작된다. 인제 좀 질리거나 싫어질 때도 되지 않았나 싶지만, 어쩐지 그렇게는 되지 않을 것 같다. 역시 나는 베를린과 이 도시 사람들을 좋아하는구나. 길 가는 사람들이 모두 행복해 보이는걸.

라트비아 하지축제

라트비아에 간 것은 하지축제에 참가하기 위해서였다. 하지축제는 일본으로 말하자면 설날 같은 명절로, 라트비아인이 학수고대하는 연중행사다. 해마다 하지인 6월 23일과 다음 날은 공휴일로 가게들도 쉬는 곳이 대부분. 이 이틀간은 버스도 무료로 운행된다.

도시의 하지축제는 해마다 이벤트화되어서 노래와 쇼가 중심이 된다고 하지만, 이번에 내가 참가한 행사는 자연숭배를 하는 라트비아의 전통적인 하지축제다. 리가에서 차로 두세 시간, 라트비아 서부의 쿠르제메 주에 있는 파페 마을의 하지축제는 지금 생각해도 신기한 기분에 사로잡힐 만큼 멋있었다.

화관을 만들고 맛있는 음식을 먹고 춤추고 노래하면서 일몰을 기다린다. 하지여서 해가 지는 건 밤 10시 반이 지날 무렵이다. 해가 지면 모두 근처 해안으로 이동해 기도 노래를 바친다. 너무 아름답다. 어디를 봐도 영화 같아서 마치 꿈을 꾸는 것 같은 기분이다.

이날은 아이들도 자지 않고 하지를 축하한다. 도중에 자버리면 그해 1년 게으름뱅이가 된다는 전설이 있는 듯, 아이들도 눈을 비비며 열심히 깨어 있다.

해가 진 뒤에는 모닥불 주위에 모여서 몸을 녹인다. 내 맞은편에 앉은 민족의상을 입은 젊은 남녀는 아주 러브러브한 분위기다. 밤을 새울 수 있을까 걱정했지만, 노래하고 춤추는 사이에 금세 하늘이 밝아왔다.

그저 멍하니 불을 보고 있을 뿐인데 평소 느낀 적 없는 시간의 감각을 체험했다. 특별히 무엇을 하는 것도 아닌데 그날만 먹는 음식이 있고, 노래가 있고, 춤이 있고, 침묵이 있고, 담소가 있는 것만으로 사람이 이렇게 만족하고 행복해질 수 있다는 것을 배웠다. 평생 한 번이라도 이 하지축제에 참가할 수 있었다는 건 정말 큰 행운이다.

아침을 맞이하면 아침이슬로 얼굴과 손을 씻는다. 하짓날에 만든 화관은 1년 동안 거실에 장식해뒀다가, 다음 해 하지축제 때 불에 던져서 태운다고 한다.
이번에 참가해보니 라트비아인들이 하지축제를 고대하는 이유를 너무 잘 알 것 같았다. 한밤중에 춤을 추고, 노래하고 소시지를 먹는 것, 정말로 즐거웠어요.

유리네의
근황

베를린에 와서 가장 곤란했던 것이 강아지 배변 패드를 찾을 수 없는 거였다. 슈퍼에도, 어디에도 펫 푸드만 있고 배변 패드는 보이지 않았다. 여기서 개를 키우는 친구에게 물어보니 개들이 기본적으로 배변을 실외에서 해서 패드가 필요 없다고 한다.

아, 난감했다. 일본에서 몇 장 가져오긴 했지만, 체류 기간이 한참 남아서 없으면 곤란했다. 유리네는 밖에서도 볼일을 보지만, 하루 한 번 정도는 패드를 사용한다. 자택이면 몰라도 임대하고 있는 집에서 아무 데나 대소변을 싸게 하는 일은 피하고 싶었다.

교외 큰 애완용품 가게에 가면 있을지도 모른다고 친구가 말해줬다. 알아보니 베를린 중심부에 대형 애완용품 가게가 있었다. 서둘러 가보니 다행히 패드가 있었다. 아, 살았다. 일본만큼 고성능은 아니지만 틀림없는 배변 패드였다. 언제 떨어질지 모르니 조금 넉넉하게 샀다. 이것으로 일단 안심.

이곳 사람들은 비가 와도 눈이 와도 태풍이 와도 개들의 배변을 시키기 위해 밖으로 나간다. 그럼 병이 났거나 움직이지 못하는 개는 어떻게 하는 걸까?

실외 배변이 기본인데 배설물을 치우는 사람은 없는 것 같다. 일본처럼 소변을 물로 씻어 내리는 일은 생각도 할 수 없다. 내 경우 큰 것은 일본에서처럼 줍지만, 다른 사람이 줍는 건 본 적이 없다. 일단 산책할 때의 규칙은 법률로 정해져 있는 듯, 목줄 착용 필수, 배변 봉투 두 장 상비로 되어 있다. 그러나 반 정도의 사람은 목줄 없이 산책시킨다. 지역에 따라서는 목줄 없이 다니다가 경찰에 발각되면 벌금을 물기도 한다고 한다. 유리네는 목줄이 없으면 어디로 튈지 모르므로 그럴 일은 없지만.

그 전까지는 몰랐지만, 이번에 유리네를 데리고 다니면서 도로에 오물이 많다는 걸 알았다. 특히 무서운 것은 유리 파편. 축구를 하고 독일 팀이 지거나 하면 빈 맥주병을 패대기쳐서 깨는 사람들이 있다. 특히 지금 있는 곳은 터키인 거리 바로 옆이어서 매너가 좋은 구역이 아니다. 유리 파편이 곳곳에 흩어져 있어서 개가 밟아서 다치지 않을지 늘 조마조마하다. 음식물도 꽤 많이 떨어져 있어서 그것도 조심해야 한다. 이 계절에는 어느 가게에나 밖에 자리를 만들어서 식사를 하니, 먹보인 유리네는 바로 주워 먹으려고 한다. 눈을 똑바로 뜨고 있지 않으면 순식간에 입에 넣어서 위험하다.

독일은 개에게 관대해서 개가 살기 아주 좋은 환경이다. 일반적으로 강아지 때부터 애견교실 등에서 사회성을 배우기 때문에 교육이 아주 잘되어 있다. 보호자가 먼저 건널목을 건너도 빨간 신호가 걸리면 멈추고 기다리고, 레스토랑에서 보호자가 식사를 하고 있으면 테이블 아래에서 미동도 하지 않고 얌전히 기다린다. 유리네는 둘 다 못 한다.

교육을 받은 만큼 개들끼리 인사를 주고받는 법도 아주 담백하다. 일단 인사를 하긴 하지만, 그걸로 끝인 느낌. 일본처럼 개들끼리 오래 놀게 하지 않는다. 친구와 놀기를 좋아하는 유리네로서는 개들이 좀처럼 자기를 상대해주지 않으니 스트레스일 것이다. 주 1회 다니던 유치원에 가지 못하는 것도.

그래서 도그런에 데리고 갔다. 다행히 아파트 바로 옆 큰 공원에 도그런이 있었다. 일본처럼 등록제가 아닌 듯해서 마음껏 뛰놀고 왔다.

유리네 나름대로 뭔가 평소와 다르다는 걸 알았는지 처음에는 내 발밑에서 움직이지 않고 가만히 있더니, 10분쯤 뒤 잠두콩을 닮은 잭 러셀 테리어가 오자 갑자기 다가가서 함께 달리며 놀았다.

이곳에서는 유리네 같은 개가 드물다. 일본이라면 두 마리 중 한 마리가 소형견이지만, 여기서는 한 마리밖에 보지 못했다. 애완견이라기보다 파트너나 보디가드로 키우는 개가 많아서 얼굴도 늠름하고 몸도 큰 녀석이 대부분이다.

친구 잭 러셀 테리어 덕분에 유리네가 폭주했다. 넓은 도그런을 토끼처럼 종횡무진하는 유리네. 이곳 사람들도 유리네가 양발을 모으고 달리는 게 재미있는지 다들 웃었다. 도그런 한 모퉁이에 물웅덩이가 있어서 다른 개들이 그곳에서 흙투성이가 되어 노니까, 유리네도 금세 까매졌다. 그래도 오랜만에 유리네가 폭주하는 모습을 보니 마음이 놓였다.

다만 그중 한 마리, 중성화를 안 했는지 유리네에게 끈질기게 달라붙는 수컷이 있어서 단속하느라 애먹었다. 유리네도 싫었는지 손을 뻗으니 폴짝 점프해서 잽싸게 품에 안겼다. 일본에서는 그럴 때 보호자가 안고 막아주는데 여기서는 아닌 것 같다. 안고 있으면 수컷이 더 달려드니 안아주면 안 된다고 한다. 그렇게 나도 하나씩 배워나간다.

너무 지저분해져서 집에 오자마자 바로 목욕을 시켰다. 반대일 줄 알았는데, 베를린에 있을 때가 더 더러웠다. 목욕을 마친 뒤 유리네의 도그런 데뷔를 기념하여 맥주로 건배했다. 오늘 저녁은 키마카레(다진 고기를 사용한 드라이 카레―옮긴이).

베를린에 온 지 벌써 2주째다.

카르나 씨

베를린에 온 큰 목적 중 하나는 카르나 씨의 아유르베다 마사지를 받는 것이었다. 작년 여름 혼자 체류할 때 가게가 없어져서 낙담했지만, 문 닫은 게 아니라 가게를 옮긴 것뿐이란 걸 알고 안도했다.

카르나 씨의 손바닥은 정말로 특별해서 몸 전체를 감싸듯이 하고 근육을 부드럽게 풀어준다. 남성이든 여성이든 관계없이 모두 알몸으로 마사지를 받으니 아기가 된 느낌. 침대에서 카르나 씨에게 몸을 맡기고 나면, 마사지가 끝난 뒤에 다시 태어난 듯한 기분이 든다. 베를린에 놀러 온 친구들을 곧잘 데리고 가는데, 평소 피로가 쌓인 편집자들은 완전히 딴사람이 된다. 놀랍다.

기술도 기술이지만, 긍정적이고 터프한 정신이 우리를 씩씩하고 밝게 해준다. 한 마디로 말해 카르나 씨는 태양 같다. 카르나 씨 앞에서는 누구나 웃는 얼굴이 되고 행복해진다. 카르나 씨는 그런 사람이다.

이번에도 카르나 씨를 만나는 것을, 그리고 아유르베다 마사지를 받는 것을 기대하고 있었다. 먼저 일본에서 온 『마리카의 장갑』 팀에게 카르나 씨 세계를 체험하게 해주려고 새 가게를 찾았다. 그리고 아연했다. 카르나 씨의 몸은 너무 작아지고 머리숱도 눈에 띄게 줄어 있었다. 나는 그저 카르나 씨를 다시 만났다는 사실이 기뻐서 아무 말도 하지 않고 꼭 안아주었다. 내가 아무것도 모르고 있는 사이에 카르나 씨는 큰 병과 싸우고 있었다. 예약하려고 일본에서 전화를 걸었을 때만 해도 목소리가 밝아서 전혀 알아차리지 못했다.

그토록 파워 넘치는 사람이라 상대의 아픈 곳을 고쳐주고 싶은 마음에 나쁜 기운을 자기 쪽으로 끌어당겼을지도 모른다. 몸무게가 20킬로그램 가까이 빠져서 전처럼 파워풀한 인상은 없어졌지만, 정신적으로는 오히려 더 강해진 느낌이었다. 일본에서 온 두 사람에게도 이틀 연속으로 마사지를 해주었다. 아유르베다가 자신에게는 천직이라고 얘기했다고 한다.

다만 그 후 상태가 나빠져서 나는 마사지를 받지 못했다. 며칠 전 아침에 전화해서, 상태가 나쁘고 열이 나서 오늘은 도저히 아유르베다를 할 수 없게 되었다고 울먹이면서 사과했다. 얼마나 고통스러울까. 목소리도 간신히 내는 것 같아서 안타까웠다. 그런 건 신경 쓰지 않아도 되니까 어쨌든 지금은 푹 쉬고 몸이 좋아지면 또 부탁하고 싶다고 말했지만, 제대로 전했는지 자신이 없다. 내일이라도 미천한 영어로나마 편지를 보내야지. 카르나 씨에게 활짝 웃는 얼굴이 돌아오기를 진심으로 기도한다.

메이드 인
라트비아

매일 아침 라트비아 차를 마신다. 민트와 목련 꽃잎이 들어 있
어서 피부에 좋다고 한다.

지난번에 라트비아에서 산 기념품 중 가장 훌륭했던 것은 화
장품이었다. 꿀이 들어간 영양크림과 비누가 어찌나 좋은지 한
개만 산 것을 후회했을 정도. 더 놀란 것은 일본에 와서 보니 립
크림이 썩었다는 것이다. 썩었다는 표현이 과할지도 모르지만,
어쨌든 완전히 삭아 있었다. 립크림은 그리 쉽게 삭지 않을 거
라고 생각했는데, 큰 착각이었다. 보존료를 넣지 않아서 음식
과 마찬가지로 시간이 지나니 산화했다.

베를린에 있는 동안 쓰려고 이번에는 꿀비누를 조금 넉넉하게 샀다. 색은 좀 바랬지만, 실제로 사용하면 '나 벌꿀이야' 하는 느낌이어서 벌꿀로 몸을 씻는 사치스러운 기분이 든다. 향도 달달하고 너무 행복하다. 눈 깜짝할 사이에 없어지는 것도 천연 소재로 만들어졌기 때문일 것이다.

햇빛 알레르기인 걸 깜박하고 올겨울 직사광선을 많이 쬔 탓에 아직도 얼굴이 화상 입은 것처럼 붉지만, 그것도 라트비아 크림을 바르는 동안에 조금씩 개선되었다. 그 밖에도 보리수 크림이라든가 장미 아이크림, 모두 천연 소재여서 기분 좋게 사용했다.

만약 라트비아에 갈 일이 있다면 꼭 추천하고 싶은 것이 '에비야Evija'라는 연고다. 꿀을 사용한 제품이란 건 알고 있지만, 그 이상은 기밀이라고 한다. 만능 연고로 화상, 찰과상, 생채기, 벌레 물린 데 등 어디에나 사용할 수 있다. 라트비아인의 생활에서 빼놓을 수 없는 약이라고 한다. 나도 피부가 가려울 때나 벌레에 물렸을 때 바로 에비야를 바르고, 유리네에게 상처가 생겨도 이걸 발라준다. 개나 아기에게도 안심하고 사용할 수 있어서 좋다.

라트비아에는 예부터 내려오는 약초의 지혜가 생활에 뿌리내려 있다.

이번에는 나무로 만든 수제 제품도 몇 개 사보았다. 컵받침, 스푼, 주걱. 모두 미묘하게 모양이 달라서 내 손에 착 붙는 것을 찾는 것이 즐겁다. 리에파야에서 목공 장인의 작업실에 가보았더니, 나무 바구니를 만들 때도 더는 열매를 맺지 못하는 오래된 매실나무를 사용하는 등, 자연의 은혜를 최대한 유효하게 활용하고 있었다. 나무를 비롯해서 의식주를 지탱해주는 자연에 감사하는 마음이 곳곳에 넘쳐나, 그들의 겸허함이 절절히 느껴졌다.

자연숭배 신앙이 바탕인 라트비아에서는 신목(神木)으로 받드는 떡갈나무, 보리수, 사과나무, 자작나무가 도로를 만들 예정지에 자라고 있을 때 나무를 자르는 게 아니라 도로를 우회하는 방식으로 사람 쪽이 양보한다고 한다. 이 말을 듣고 얼마나 착한 사람들인가 새삼 생각했다. 그리고 그 선택이 후에 자신들에게도 이롭다는 걸 아는 현명함에 감동했다. 인구가 1억 명이 넘는 일본과 200만 명 정도 되는 라트비아의 정치를 저울로 재기는 어렵지만, 라트비아인의 이런 사고방식에 반했다. 아마도 200만 명 정도니까 그런 현명한 선택을 할 수 있지 않았을까.

맞다, 파란 식탁보도 이번 여행에서 발견했다. 이것도 물론 손
짜기. 기본적인 의식주와 관련된 도구는 전부 손으로 만든다.
식탁보는 마가 아니라 린넨 소재다. 예전에는 이런 직물이나
편물을 많이 만들어서 갖고 있다가 혼수로 썼다고 한다.

라트비아 제품은 일본에 돌아와서 실제로 써보면 매력이 더 큰
것이 장점이다. 여행지에서 흥분해서 사긴 했지만, 귀국해서
막상 쓰려고 하면 어, 이런 걸 내가 왜 샀지, 하고 반성하는 일
이 종종 있다. 그러나 메이드 인 라트비아 물건은 후회하는 일
이 거의 없다. 생활에 착착 달라붙는다.
기본적으로 기념품으로 만든 게 아니어서일지도 모른다(물론
그런 것도 있긴 하지만). 수작업 물건은 주로 자신들의 생활에 필요
한 것들을 만든 경우가 많으니까.

물물 교환

7월 15일

아파트 앞에 수호신처럼 있는 커다란 나무는 이 거리의 상징이다. 그 아래에 벤치가 하나 있다. 그곳은 '나한테는 불필요하지만 아직 사용할 수 있는 물건을 내다놓는 곳'인 듯, 가끔 물건이 놓여 있다.

이곳 사람들은 사용하지 않는 물건을 바로 쓰레기로 버리지 않는다. 누군가가 다른 데 쓸지도 모르니까 불필요한 물건이 나왔을 때는 집 앞에 내놓고 '마음대로 가져가세요'라고 써 붙인다.

그러고 보니 작년에 보름 정도 빌린 친구 아파트에서도 계단 층계참이 그런 장소로 쓰였다.

나도 뒤볼까 하고, 라트비아에서 받은 가이드북과 지도 등을 놓아보았다. 이건 가져가는 사람이 없지 않을까 했지만, 며칠 뒤에 보니 두고 온 것이 전부 없어져서 기뻤다.

며칠 전 나무 아래 벤치에는 아기 보온병과 세숫대야 등이 놓여 있었다. 아마 아기가 다 커서 이제 사용하지 않는 것이리라. 그 안에 자그마한 봉제인형이 있어서 아, 이건 유리네가 좋아하겠네, 이따 가지고 가야지, 생각했는데 돌아오니 이미 누가 가져가고 없었다. 의외로 쟁탈전이 심하다.

일본에서는 넘쳐날 정도인 슈퍼 비닐봉투나 세탁소에 맡기면 빠짐없이 따라오는 옷걸이, 고무줄 등이 베를린에서는 아주아주 귀하다. 일본에서는 장바구니를 들고 가면 약간의 돈을 깎아주는 시스템이 일반적이지만, 여기서는 비닐봉투를 사야 한다. 슈퍼 계산대 앞에서 봉투를 팔고 있다. 기본적으로 봉투를 주지 않아서 모두 자기 가방에 넣거나 손에 들고 가게를 나간다. 사소한 차이지만, 실은 아주 큰 차이가 아닐까 생각한다. 그래서 비닐봉투가 남아도는 사태는 일어나지 않는다.
참고로 비닐봉투가 얼마나 귀한가 하면, 이번에 일본에서 갖고 온 유리네의 배변봉투를 계속 같은 걸로 쓰고 있다. 아마 마지막까지 사용하다 결국은 일본으로 갖고 가겠지. 그걸로 됐다고 생각한다.

요전에 펭귄이 새 배낭을 샀다. 쓰던 건 벤치에 갖다둬야지. 직접적인 교환은 아니지만, 이것도 가벼운 물물교환이라고 할 수 있지 않을까? 꽤 오래 신었다 싶은 구두도 헌옷 가게에 갖고 가면 제법 괜찮은 가격으로 팔기도 하니.

일본처럼 싼 물건을 대량으로 생산해서 바로 쓰레기가 되게 만들어 경제를 돌리는 것도 방법이겠지만, 나는 이곳 사람들처럼 물건을 끝까지 아껴 쓰는 방식을 좋아한다. 장화를 화분으로 쓰기도 하는 등, 베를린 사람들은 정말로 발상이 자유롭고 참신하다.

이제 상설시장인 마크트할레에 간다. 목요일이 되면 운치 있는 오래된 시장에 노점상이 잔뜩 모여서 즐겁다. 싼 데다 맛있다. 지난주에는 파스타와 만두, 다코야키를 먹었다. 오니기라즈(밥버거 같은 음식─옮긴이)를 파는 가게도 있는 걸 보니 일본인도 베를린에서 열심히 살고 있는 것 같다.

출장 애견 미용사

7월 19일

베를린에 유리네를 데리고 오면서 가장 마음에 걸렸던 것이 미용이었다. 유리네는 털이 상당히 빨리 자라서 5~6주에 한 번은 미용을 해야 한다. 물론 베를린에도 애견 미용실이 있긴 하지만, 언어장벽도 있고 감각도 달라서 어찌할지 걱정이었다.

도쿄 우리 집 근처에도 애견 미용실이 두 군데 있다. 그러나 여기서는 애견 미용이 필요한 개 자체를 거의 보지 못했다. 가끔 무슨 견종인지 모르겠지만, 털이 자랄 대로 자라서 '드레드 헤어'가 된 개도 있다. 애초에 개한테 돈을 들인다는 발상이 없다. 애견 미용을 학대라고 주장하는 사람도 있고, 애견 미용에 대한 이해는 아직 멀었다.

유리네의 미용을 어떻게 할지 고민하던 차에 기쁜 소식이 날아들었다. 글쎄, 일본인 애견 미용사가 베를린에 있다는 게 아닌가. 이렇게 든든할 수가. 게다가 비자 갱신을 해서 올여름에도 계속해서 베를린에 있다고 한다. 베를린에 오기 전부터 펫 푸드라든가 이것저것 가르쳐주었다. 배변 패드 파는 가게를 알려준 것도 그녀다. 그녀가 있어서 너무나 든든하다.

주말에 그녀가 애견 미용을 하러 왔다. 무려 출장 애견 미용사. 자전거로 오는 점이 그야말로 베를린스럽다. 평소에는 애견 미용실에 맡겨서 미용하는 모습을 볼 수 없었는데, 실제로 어떻게 깎는지 보는 것도 흥미로웠다. 집에서라면 유리네도 조금은 안심되지 않을까.

싹둑싹둑, 세 시간에 걸쳐 정성스럽게 마무리해주었다. 그리고 같이 근처 중화요리점에 식사를 하러 갔다. 젊고 귀여운 아가씨였다.

역시 일본인과 독일인은 애견 미용 취향도 다른 것 같다. 여기서는 대부분 입 주변 털을 어중간하게 길러놔서 왜 그런가 했더니, 이쪽 사람들에게는 특정한 애견 미용 스타일이 있는 것 같다. 그래서 청결하게 하려고 입 주위를 깔끔하게 깎으면 독일인 손님들은 이해하지 못한다고 한다. 개들의 입 주위가 모두 슈나우저 스타일이라고 하면 이해하기 쉬울 듯.

아, 그렇지. 슈나우저. 일본에도 많이 있고, 독일 하면 슈나우저가 많을 거라 생각했는데 거의 보지 못했다. 있는 것은 자이언트 슈나우저뿐이어서 슈나우저인지 잘 알아보지 못한다. 최근에는 프렌치불독이 유행인지 자주 보인다. 머잖아 베를린에도 개한테 옷을 입히는 사람이 나타날지도 모른다.

전에는 정말로 큰 개밖에 없구나 생각했는데 해마다 소형견도 늘고 있는 것 같으니, 언젠가 애견 미용의 수요도 높아지지 않을까? 그러고 보니 이곳에서 애견 미용사로 일하는 일본인도 꽤 있었다. 오늘은 태국 마사지를 해주는 일본인에게 다녀왔다. 마사지도 일본인이 잘하는 분야다. 그러나 일본만큼 마사지나 침, 정체(整體, 한국의 접골과 유사한 시술—옮긴이) 가게가 많지 않은 걸 보면 역시 일본인들이 많이 지쳐 있는 것 같다.

미술관

7월 24일

어제는 조용한 밤이었다. 대부분 주말은 심야까지 시끌벅적 흥청거리는 분위기인데, 어제는 날씨가 좋은데도 아주 조용했다. 어쩌면 뮌헨에서 일어난 습격 사건(2016년 7월 뮌헨의 올림피아 쇼핑센터에서 일어난 총기 난사 사건—옮긴이)을 애도하는 의미도 있었을지 모른다. 테러는 아닌 것 같았지만, 가슴 아픈 사건임은 분명하다.

올해 4월에 생겼다는 미술관 퓨에를르 컬렉션Feuerle Collection에 다녀왔다.
밖에서 보면 전혀 미술관 같지 않다. 1943년에 통신센터로 쓰려고 짓기 시작했다는데, 벽 두께가 7미터나 되는 약간 음산한 건물이다. 완공된 1945년에는 마침 전쟁이 끝나 통신센터로 사용된 적은 없었던 것 같다. 전후에는 식량 저장고로 사용한 적이 있다고 한다. 그 건물을 사들여서 개인이 소장한 미술품을 전시한 곳이 퓨에를르 컬렉션이라는 것.

안은 추울 정도로 서늘했다. 먼저 캄캄한 방에서 잠시 음악을 듣고 마음을 진정시킨 뒤 지하 1층 전시실로 향한다. 전시된 것은 주로 동양미술 중심으로, 불교와 힌두교가 섞인 불상 등이다. 그 전시 방법이 독특한데, 희미한 어둠 속에 불상이 둥실 떠올라 있는 듯 되어 있다.

게다가 유리창 너머에는 강에서 물을 끌어왔다는 거대한 수영장이 있어서 뭔가 고대유적으로 흘러들어온 것처럼 신기한 기분이 든다.

각자의 불상에는 제작 연대 설명 같은 건 일절 없다. 불상의 아름다움 자체를 진심으로 음미하라는 취지로 진열되어 있다. 사진도 찍으면 안 된다. 그 공간에 들어가서 실제로 음미해야만 아름다움을 만끽할 수 있다.

돌로 만든 중국의 옛날 의자나 테이블, 일본의 사진작가 아라키 노부요시의 에로틱한 사진이 세트로 전시되어 있는 등, 발상이 아주 자유롭다.

퓨에를르 씨가 미술품을 모으기 시작한 것은 열일곱 살 무렵부터였다고 한다. 그중에는 기원전 2세기경에 사용한 중국의 왕만 앉았던 특별한 의자도 있다. 아직 열리지 않았지만 향을 피워서 명상하는 방도 있는 등, 재미있는 시점에서 동양 문화를 관찰할 수 있다.

종교가 불교인 펭귄은 '불교는 종교가 아니라 과학'이라고 곧잘 말하지만, 예술이기도 하다는 걸 실감했다. 불상 하나하나가 정말로 평온하고 표정이 좋다.

베를린에는 보로스 컬렉션Boros Collection이라는 개인 미술관이 하나 더 있는데, 그곳도 제2차 세계대전 중에 만들어진 거대한 방공호 자리를 사용한 것이다.

지금 사는 아파트 거리에도 큰 급수탑 위에 자택을 세운 부자가 있다. 오래된 건물을 사용하는 법이 참 독창적이다. 지진이 없다는 것은 집 만들기와 거리 조성에 굉장히 큰 영향을 미치는구나, 생각했다.

내일부터 리투아니아로 가벼운 여행을 간다. 라트비아는 두 번 갔지만, 리투아니아는 처음이다. 펭귄에게는 첫 발트3국.

발트3국 중에서도 특히 리투아니아와 라트비아는 문화적으로
도 언어적으로도 가깝다고 한다. 그러나 미묘하게 차이가 있다
고 하니, 그 차이를 피부로 느끼고 싶다.

베를린에서 유럽 다른 나라에 갈 때는 언제나 국내 여행을 하
는 기분이어서 여권을 깜빡하기 십상이라 주의해야 한다.

유리네는 애견 미용사 집에 맡기기로 했다.

정
의
감

8월 2일

리투아니아에서 돌아왔다. 역시 라트비아와는 조금 인상이 달랐다. 수도인 빌뉴스 시내는 프랑스나 이탈리아를 연상하게 하는 파스텔 느낌의 건물이 많고, 중세 독일을 상기시키는 리가의 구시가지 분위기와는 상당히 달랐다. 전체적으로 옅고, 부드럽고, 여성적이고, 완만한 인상을 받았다.

그리고 라트비아에서보다 러시아의 영향력을 강하게 느꼈다. 그 이유는 후에 알았다. 발트3국이 모여서 구소련으로부터 재독립했을 때, 리투아니아만은 러시아인을 추방하지 않았다나. 리투아니아인은 원래는 자연신을 숭배하는 다신교였지만, 도중에 기독교를 받아들여 기독교 국가가 되었다. 다른 문화를 유연하게 받아들이는, 마음이 넉넉한 나라일지도 모른다.

그에 비해 라트비아인은 자기 나라에 긍지를 갖고 터프한 정신으로 문화와 전통을 지키고 있는 것 같다. 그것이 라트비아와 리투아니아의 큰 차이였다.

만 3일 동안 있어서 한가운데 날에 카우나스에 다녀왔다.

리투아니아라고 하면 스기하라 지우네 씨가 유명하다. 그는 '일본의 쉰들러'라 불리는 사람으로, 제2차 세계대전에서 박해를 받은 많은 유대인의 생명을 구했다. 어른과 아이를 포함하여 그 수가 6천 명에 이른다고 한다.

스기하라 씨가 있었던 구일본대사관에는 스기하라 기념관이 있다. 카우나스까지는 빌뉴스에서 전철로 한 시간 남짓 걸린다.

그가 외교관으로 카우나스에 온 것은 1939년 8월 28일. 그리고 4일 뒤인 9월 1일에 나치독일이 폴란드를 침공하여 제2차 세계대전이 시작되었다.

실제로 가보면 알겠지만, 카우나스는 지금도 절대 큰 도시라고 할 수 없다. 살고 있는 일본인이 있는지 어떤지도 미묘한 곳이다. 지금조차 유럽 변경의 도시 이미지인 카우나스에 70년도 전에 스기하라 씨는 가족을 데리고 부임한 것이다. 얼마나 불안했을까.

스기하라 씨는 본국의 명령을 거역하고 통과 비자를 발행했다. 오랫동안 고뇌한 결과였다고 한다. 자신과 가족이 앞으로 어떻게 돼도 상관없다는 각오를 하고, "인도적으로 도저히 거부할 수 없다"는 이유로 많은 난민에게 비자를 발급했다. 그 용기와 정의감을 진심으로 존경한다.

사람으로서 옳은 일을 한다는 게 간단한 것 같아도, 가족을 생각하면 좀처럼 쉽지 않은 일이다. 하물며 스기하라 씨 같은 상황에서 자신의 의사로 그런 일을 한다는 것은 정말로 훌륭한 일이다.

지금 독일에 있으면서도 사람들의 정의감을 실감한다. 바로 앞에 곤란해하는 사람이 있으면 자기가 조금 희생하더라도 어떻게든 도우려 하는 등 기본적인 정의감이 강하다. 난민 문제에 관해서도 그렇고, 더 사소한 부분, 이를테면 내가 전철 환승을 할 줄 몰라 난감해하고 있으면 바로 누군가가 가르쳐준다. 독일인에게는 그것이 나치독일을 지지했던 것을 반성하는 방법이라고 생각한다. 그렇게 '반성하는 마음'이 사람들 마음속 깊이까지 스며들어 있는 걸 느낀다.

겨우 비가 그쳤다. 주말에 부랴부랴 짐을 싸서 숙소를 옮겼다. 지금 지내는 곳은 미테의 아파트. 아이가, 그것도 남자아이가 다섯이나 있는 넓디넓은 일가의 집을 얻어 살고 있다.

그건 그렇고, 나 완전히 마이너리티구나. 설마 그렇게는 되지 않겠지, 생각한 일이 잇따라 일어난다. 영국의 EU이탈, 일본 선거, 도지사 선거 등등. 그러니까 미국 대통령도 트럼프 씨가 되겠구나아아아아아(한숨).

발상의 전환으로 최근에는 분명히 트럼프 씨가 이길 거야! 하고 생각하기로 했다. 내가 그렇게 생각하고 있으면 어쩌면 반대의 결과가 나올지도 모르니까. 그런 것밖에 할 수 없는 내가 한심하지만.

개에게 다정한 도시

8월 9일

얼마 전, 유리네를 데리고 그루네발트 호수에 다녀왔다. 그루네발트 얘기는 몇 번이나 들어서 가고 싶었지만, 어떤 곳인지 몰라서 망설였다. 말하자면 그곳은 개들한테 최고의 장소. 공교롭게 일식집에 갔다가 그곳 주인이 베를린에서 애견 훈련사 공부를 했다는 여성을 소개해줘서 그녀와 함께 그루네발트에 가게 되었다.

비행기를 타고 상공에서 베를린을 내려다보면 엄청난 초록에 놀라게 된다. 교외는 거의 숲이라고 해도 과언이 아닐 정도인데 그루네발트도 숲. 숲을 걷기 좋아하는 나는 유리네 이상으로 팔랑팔랑 꼬리를 흔들고 싶었다.

한참 걷다 보니 호수에 도착했다. 그 광경에 잠시 말을 잃었다. 사람과 개가 물가에서 즐겁게 놀고 있다. 헤엄치는 개도 있다. 개들끼리 물보라를 날리면서 장난치고, 그 옆에서 주인은 한가롭게 일광욕을 즐기고 있었다. 그렇다, 그곳은 그야말로 개들의 파라다이스!

개를 키우는 베를린 사람들은 주말이 되면 곧잘 개와 함께 그루네발트에 간다고 한다. 몇 집을 돌아 개를 모아서 한꺼번에 산책을 시키는 일도 있다고. 개도 사람도 정말로 행복할 것 같다. 맘껏 물놀이를 즐긴 후, 주인이 커다란 타월을 둘둘 감아준 큰 개의 모습이 얼마나 귀엽던지.

호수 주변을 한 바퀴 도니 상당히 운동이 되었다. 도중부터는 유리네를 목줄 없이 걷게 했다. 어딘가로 튀지 않을까 조마조마했지만, 옆에 붙어서 잘 걸었다. 트레이닝 중에는 긴 목줄을 하고 걷게 하며 조금씩 그 상황에 적응시켰다.

아무리 베를린 시내에 초록이 넘쳐난다고 해도 발밑은 돌바닥이라, 직접 흙 위를 걷는 일은 개한테도 기분 좋은 일일 것이다. 어느 개나 표정이 반짝반짝 빛났다.

일본에도 개를 놀게 할 수 있는 시설은 있지만, 규모가 다르다.

베를린은 개에게 너무나 다정한 도시다. 강아지 비행 같은 특별한 형태가 아니라 예사롭게 개도 전철이나 버스를 타고 레스토랑에 갈 수 있는 것이 기쁘다. 그러기 위해서는 절대로 남들한테 민폐를 끼치지 않도록 교육을 해야 한다. 다양한 면에서 의무와 권리가 독일의 기본이 되어 있는 것 같다.

아, 맞다, 그때 들은 꼬리 이야기가 흥미로웠다.
일본에서는 푸들 꼬리를 짧게 자른다. 개에 관한 지식이 전혀 없을 때는 푸들의 꼬리가 원래 그렇게 짧은 줄 알았다. 그러나 그건 태어나서 바로 자르기 때문이었다. 그렇게 자르는 것은 단순히 그 편이 귀여워서라고 한다.
독일에서 발견한 푸들의 꼬리는 모두 유리네처럼 길었다. 유리네는 생김새가 토이푸들을 닮았지만, 일본에서라면 토이푸들과 꼬리 모양이 다르다.

마찬가지로 무서운 개의 대표처럼 생각되는 도베르만도 그렇다. 특징인 뾰족한 귀도, 극단적으로 짧은 꼬리도 실은 인위적으로 만든 것. 원래 도베르만은 크고 늘어진 귀에 꼬리도 긴데, 인간이 그걸 짧게 잘라 일부러 무서운 인상으로 만드는 것이다. 독일에서는 도베르만의 단이(斷耳)도, 단미(斷尾)도 금지되어 있다. 나도 태어난 모습 그대로의 도베르만을 보았지만, 너무 귀여워서 금방은 도베르만이라는 걸 못 알아봤다. 귀나 꼬리를 자르는 것은 당연히 개에게 큰 아픔을 준다.

독일은 개가 행복하게 살 권리에 대한 의식이 굉장히 진화되었다. 만에 하나 개가 사람에게 상처를 입히면 엄청난 액수의 돈을 지불해야 해서 보호자는 애견 교육을 확실하게 한다. 대형견을 키우려면 보호자 시험을 봐야 한다. 합격하지 못하면 대형견을 키우지 못한다. 길에서 개를 봤을 때의 행동도 다르다. 만져보고 싶을 때는 먼저 보호자에게 허락을 구하고, 아이여도 자신의 손 냄새를 맡게 해서 안심시킨 뒤 몸을 쓰다듬는다. 갑자기 머리를 쓰다듬는 짓은 절대 하지 않는다.

유리네도 제법 이쪽의 규칙을 익힌 것 같다. 레스토랑에 들어가면 얌전하게 테이블 아래에서 잔다. 개끼리 하는 인사에도 점점 담담해졌고, 여러모로 잘 흡수하고 있다.

모리에르 씨의 작품

그녀의 작품을 만난 것은 열흘 전쯤 주말, 일본에서 온 편집자 두 명과 강변을 걸을 때였다. 비가 세차게 내리다가 거짓말처럼 개어서 도로에 생긴 물웅덩이를 피하면서 걷고 있었다.

그곳은 잡동사니 같은 것이 잔뜩 놓여 있는 아틀리에 같은 공간이었다. 지금까지 몇 번이나 그 앞을 지나갔지만 문이 열린 걸 본 건 처음으로, 그곳에 그런 장소가 있다는 것도 거의 의식하지 못했다. 맨 처음 발견한 사람은 기와다 씨였던가.
길 가는 사람들에게 보이도록 책 오브제들이 나란히 진열되어 있었는데, 자세히 보니 그 위로 마크나 글 같은 게 공중에 떠 있었다.

그때 아틀리에에는 아주 자상해 보이는 남자가 있었다. 누가 만들었는지 물어보니 그의 아내라고 했다. 보면 볼수록 빠져드는 신기한 오브제였다.

다만 그때는 갈 길이 좀 바빴고 충동구매는 하고 싶지 않았다. 게다가 가장 마음에 드는 작품에는 가격이 붙어 있지 않았다. "당신이 가격을 매겨봐요" 하고 남자가 말했지만, 그건 너무 어려웠다. 망설이고 있으니, 그가 아내의 메일 주소를 가르쳐줬다.
그 후로 모리에르 씨와 몇 번 메일을 주고받았다.

며칠 뒤, 모리에르 씨가 아틀리에를 열어주었다. 여름방학을 맞은 두 아이도 있었다. 그들은 베를린 중심이 아니라 교외에 산다고 했다. 나를 위해 일부러 아틀리에를 열어준 것 같다.
실제로 만난 모리에르 씨는 상상대로 차분하고 사려 깊은 여성이었다.

모리에르 씨의 작품이 참 좋았던 이유는 무엇보다 그녀가 그것을 즐기며 만들고 있다는 느낌 때문이었다. 그저 책장을 하나하나 접어나가는 아주 간단한 작업이라고는 하지만, 나로서는 대체 어떻게 책장이 그렇게 되는지 도무지 알 수가 없었다. "종이접기 같은 거죠"라고 말하는 그녀. '명상meditation'이라는 표현도 인상적이었다.

고민 끝에 나는 'HOPE'와 '두 마리의 벌새'라는 작품을 샀다. 'HOPE'는 병마와 싸우는 아유르베다 전문의 카르나 씨한테, 나머지는 지금 묵고 있는 아파트 주인인 가에레 씨한테 선물하기로 했다.

아, 그때 봉투가 없다며 모리에르 씨가 손수 뜬 노란 가방을 빌려주었다. 아마 아이를 위해 뜬 것이지 않을까. 그걸 돌려주기 위해 지난주 토요일에 펭귄과 유리네와 같이 다시 아틀리에를 방문했다. 그랬더니 펭귄도 모리에르 씨 작품에 반해서 자기 스튜디오 간판을 만들어달라고 주문했다.

베를린에는 아티스트가 많이 살고 있어서 즐겁다. 게다가 이번처럼 진심으로 "너무 좋아!"라고 할 만한 작품을 만날 때면 정말 행복하다.

저녁 라흐마니노프의

8월 22일

영 유로클래식이 시작되었다. 해마다 이 시기에 열리는 오케스트라판 올림픽 같은 제전이다. 매일 밤, 국가별로 그 나라를 대표하는 젊은 오케스트라가 연주를 한다. 연주장인 콘서트하우스도 아주 분위기 있고 가격도 적당해서 오케스트라를 맘껏 즐기기에는 안성맞춤이다.

어제는 라트비아의 오케스트라 공연이 있었다. 영 유로클래식에는 셀 수 없을 정도로 다녔지만, 라트비아 오케스트라는 처음이었다. 게다가 연주 곡목이 라흐마니노프의 「피아노 협주곡」. 먼저 2악장을 풀로 연주하고 휴식을 곁들인 뒤 이번에는 3악장을 풀 연주. 2악장과 3악장에서 피아니스트가 바뀌는 아주 독특한 방식이었다.

2악장을 연주한 피아니스트는 파워풀하고 정감이 넘치고 박력 만점이었다. 그에 비해 3악장에 등장한 피아니스트는 섬세하고 몸도 여리여리해서 마치 얇은 유리 같았다. 처음에는 박력이 없네, 라고 생각했지만, 연주가 거듭될수록 불끈불끈 힘이 세지다 마지막에 곡이 끝난 순간 힘이 다한 듯 탈진했다.

온몸과 마음을 바친다는 게 바로 이런 걸 말하는구나. 두 피아니스트 모두 훌륭해서 박수가 좀처럼 멎지 않았다. 돌아온 뒤 조사해보니 두 사람 다 라트비아를 대표하는 피아니스트였다.

라트비아 오케스트라 연주도 훌륭하다는 말밖에 나오지 않았다. 라흐마니노프의 태풍이 몰아치고 산들바람이 불고 번개가 치고 꽃이 피는 듯한 그 격렬한 희로애락의 곡을 완벽하게 음으로 표현하고 있었다.

라트비아를 사랑하는 나로서는 너무 멋진 연주에 어쩐지 점점 우쭐해졌다. 아마 라흐마니노프도 하늘 위에서 연주를 듣고 흐뭇해했을 것 같다.

최근 베를린은 날씨가 불안정해서 어제도 돌아오는 길에 소나기가 퍼부었지만, 차가운 비와 라흐마니노프가 세트로 기억에 새겨졌다. 돌아온 뒤, 라흐마니노프와 라트비아의 오케스트라에 독일의 화이트와인으로 건배했다.

베를린에서의 시간은 앞으로 2주 남짓 남았다. 세 번째 이사를 마치고 지금은 프렌츠라우어베르크의 낡은 아파트에서 지내고 있다.

언어장벽

오늘 저녁은 고기감자조림. 슬슬 냉장고 내용물을 생각하면서
요리를 해야 한다. 귀국까지 남은 시간을 카운트다운하면서.
일주일 뒤면 일본에 돌아가 있을 것이다.

지금껏 느끼지 못한 게 이상할지도 모르지만, 이번에 처음으로
언어장벽을 통감했다. 그 전까지는 말이 통하지 않아도 그저
즐거웠다. 가게에서는 영어로 용건을 전할 수 있었고, 통하지
않아도 손가락으로 가리키면 대체로 해결돼서 아무런 불편함
도 없었다.
그런데 이번에는 달랐다. 아마, 아니, 틀림없이 개를 데리고 왔
기 때문일 것이다.

143

유리네와 산책을 하고 있으면 사람들이 종종 말을 걸어온다. 개를 데리고 나온 사람이 말을 걸어올 때도 있고, 그렇지 않을 때도 있다. 그리 어려운 말은 아니었을 거다.

"남자아이? 여자아이?"나 "귀엽네요", "몇 살?" 정도일 텐데, 그것조차 못 알아듣는 내가 너무 한심했다. 이럴 때 상대의 말을 알아듣고 제대로 대답할 줄 안다면 더 즐거울 텐데, 현실의 나는 독일어로 "나는, 독일어, 못합니다"라고 말하는 게 고작이다. 그걸로 대화는 끊긴다.

그런 경험을 몇 번 하는 사이 독일어를 배우고 싶다는 생각을 절실히 하게 되었다. 나도 참, 생각이 여기에 이르기까지 시간이 한참 걸린 게 한심하지만 어쩔 수 없다. 이게 이번에 이룬 가장 큰 수확이다. 그래서 조금씩 독일어 공부를 하기 시작했다. 정말로 조금씩이지만.

가까운 목표는 개와 산책할 때 곤란하지 않을 정도의 일상 회화를 하는 것. 지금은 아직 아장아장 걷는 아기와도 대화를 할 수 없다고 생각하면 슬퍼진다. 아기로 다시 태어나서 독일어를 배운다면 얼마나 좋을까. 언젠가 아이나 할머니, 할아버지와 독일어로 얘기할 수 있게 될까?

각설하고, 지금 지내는 아파트는 구비된 물건이 적다. 다섯 명의 남자아이를 키우는 아파트는 넓고 조리 기구도 풍부했지만, 지금 빌리고 있는 집은 그 반대다. 냄비는 두 개밖에 없고, 한 개는 물을 끓일 때 쓰면 안 된다고 해서 할 수 없이 전기 주전자를 샀다. 주인이 채식주의자여서인지 프라이팬도 없어서 프라이팬도 샀다.

채식주의자라고 하니 말인데, 독일인 10퍼센트가 채소만 먹는다나. 근처에도 채식주의자 전용 슈퍼가 있고, 저 가게 세련됐네, 하고 보면 채식주의자 카페일 때가 많다. 독일이라고 하면 '육식'이라는 이미지가 강하지만, 거기에 반발해서인지 정반대의 식생활을 추구하는 사람들도 꽤 있다.

근처에 식당이 별로 없어서 이 아파트에 온 뒤로는 거의 직접 해 먹는다. 역시 평소 익숙한 부엌칼을 갖고 올 걸 그랬다.
생선은 좀처럼 먹지 못하지만 그다지 그립지 않다. 그보다 육수가 듬뿍 스며든 어묵이나 장어. 지금 '장어'라는 글자를 쓰기만 하는데도 침이 흐른다. 그다음으로는 역시나 뿌리채소가 그립다. 우엉이나 연근 같은. 귀국할 때까지 되도록 그런 음식이 세상에 있다는 것을 생각하지 말아야겠다.

그래도
베를린이
좋아요?

9월 5일

베를린은 어제부터 가을이 되었다. 항상 이 시기에 귀국하므로 이 전환에 깜짝 놀란다. 전기 스위치를 켜듯이 어느 날을 경계로 계절이 여름에서 가을로 바뀐다.

토요일 밤늦게까지 사람들이 밖에서 식사를 즐기는 것은 아마 이것이 마지막 여름이란 걸 알기 때문이리라. 그리고 어제부터 기온이 백팔십도 달라져서 사람들이 가을옷을 입고 다닌다. 지금부터 베를린은 점점 추워진다. 추워지는 건 어쩔 수 없다 쳐도 점점 어두운 계절을 맞게 된다. 정신적으로도, 육체적으로도 가혹한 시기다.

이번 독일살이는 시련의 연속이었다. 그 전까지는 불쾌한 경험이 거의 없었지만, 올여름에는 좋은 일도 싫은 일도 많이 맛보았다. 이를테면 아파트에 갑자기 사복 경찰이 왔다거나, 엄청나게 느낌이 나쁜 점원을 만났다거나, 아파트 바닥이 기울어서 속이 울렁거렸다거나. 그리고 처음 만나는 사람과 약속을 했는데 같은 거리, 같은 이름의 다른 장소에 있어서(베를린은 동과 서로 나뉘어 있어서 가끔 그런 일이 있는 것 같다) 한참 기다렸다거나.

아마 우리가 점점 베를린에 익숙해져서 행동반경이 넓어진 탓이라고 생각한다. 지금까지 베를린이라고 생각했던 베를린은 극히 일부였다. 실제 베를린은 내가 생각한 것 이상으로 넓고, 상상 이상으로 다양한 사람이 살고 있다. 그리고 당연하지만 그중에는 심술궂은 사람도 있다. 모두 친절할 리는 없고, 경제적 격차도 크고, 위험한 곳은 위험하다.

다양한 시련을 겪을 때마다 '그래도 베를린이 좋아요?' 하고 시험당하는 기분이 들었다. 내 대답은 '예스'다. 다양한 시련을 겪고 나서 그래도 베를린은 좋은 도시야, 하고 생각하는 나를 본다.

이번에는 베를린에 사는 일본인을 많이 만난 것도 큰 수확이었다. 모두 각각의 장소에 확실하게 뿌리를 내리고 있었다.

이제 테겔 공항으로.

아까 마지막 남은 쌀로 밥을 지어서, 조금 남은 단무지를 잘게 다져 넣고 주먹밥을 만들었다. 뮌헨 비행기 안에서 먹어야지. 국제선을 타는데 뭔가 소풍 가는 기분이다.

석 달 만의
도쿄

9월 10일

겨우 밤에 제대로 잘 수 있게 되었다. 귀국 직후에는 새벽 1시
가 되면 눈이 떠져서 아침을 맞을 때까지 한숨도 자지 못하는
상황이 이어졌다. 일본의 새벽 1시는 독일에서라면 초저녁 6시
쯤이니 그래서 잠이 깨는지 모르겠지만, 장시간 비행기를 타고
오느라 체내 시계가 엉망이 된 것 같다. 이대로 시차가 계속되
면 어쩌나 불안했는데 좋아져서 다행이다.

아, 유리네는 돌아오는 비행기에서도 쌔근쌔근 쿨쿨 잘도 잤
다. 이륙할 때는 불안해하지 않을까 하고 보고 있었더니, 좀 짜
증난 얼굴이긴 해도 태연하게 누워 있었다. 장해라.
물론 사람에게도 몸에 부담이 크니 개한테는 상당한 스트레스

였겠지만, 그래도 이번에 유리네도 같이 가길 잘했다고 생각한다. 우리와 마찬가지로 베를린에서 많은 것을 배우고 흡수한 것 같다.

도쿄의 집은 까맣게 잊었을 줄 알았더니 엘리베이터 문이 열리는 순간, 기세 좋게 달려서 현관으로 직행했다. 잘 기억하고 있었구나. 그래도 주방엔 들어가면 안 된다는 규칙은 다시 가르쳐야겠지, 생각했다. 베를린에서는 어느 아파트에서나 마음대로 들어가도 된다고 할까, 구조가 그래서 어쩔 수 없었지만, 주방에 들어가면 안 된다는 규칙이 없었다. 그런데 웬걸, 그 규칙도 제대로 기억하고 있는지 도쿄의 주방에는 들어가지 않았다.

오히려 헤매는 것은 내 쪽으로, 엥? 그거 어디 넣어뒀더라? 하고 일일이 고개를 갸웃거리는 처지다. 베를린에 출발하기 직전에 산 전자레인지는 새로 샀다는 사실 자체를 잊고 있어서 깜짝 놀랐다. 지난 3개월 동안 완전히 기억이 리셋되어 있었다.

늘 그렇지만, 광고 우편물의 산, 산, 산. 대부분의 우편물이 신속하게 쓰레기로 처분되는 현실에 아연한다.
사, 사, 사, 사, 사, 사, 사, 사라고! 마치 저주처럼 곳곳에서 재촉

하는 이 현상, 어떻게 좀 안 될까. 특히 같은 회사에서 같은 광고 우편물이 두 통이나 들어 있는 데는 정말 학을 뗀다. 매번 중단시키지만 그래도 계속 보낸다. '사고 싶을 때는 내가 찾아서 살 테니 제발 좀 냅두라고요!'라고 하고 싶다.

그러나 물론 일본에 돌아와서 좋은 점도 많다. 특히 이번에 깨달은 것은 도로가 깨끗하다는 것. 그 전까지는 일본 도로가 깨끗하다고 생각한 적이 없었다. 아직 담배꽁초를 휙휙 버리는 사람이 있어서 어이없긴 해도, 베를린의 도로에 비하면 훨씬 깨끗하다.

이번엔 유리네까지 있어서 길에 맥주병 파편이 떨어져 있지 않은지 계속 신경 써야 하는 게 상당히 스트레스였다. 베를린 사람들은 예사로 담배꽁초를 도로에 버리고, 개의 배설물을 치우는 습관도 아직 정착되지 않았다. 그것만 철저히 하면 파리도 줄어들 텐데, 깨끗한 걸 좋아하는 독일인 인상과는 상당히 동떨어진 현상이다.

깨끗한 걸 좋아하면서도 자기 집 안과 밖에서 사고방식이 다른 것 같다. 자기 집 청소는 철저히 하지만, 바깥은 더러워도 상관없다는 식. 그런 면에서는 일본인 쪽이 의식이 높다고 생각했다.

어제 초저녁 무렵에 유리네와 산책을 하면서 매미 소리를 들었다. 그러고 보니 매미 소리도 베를린에서는 들리지 않았네. 그렇게 나무가 많은데 들리지 않은 것은 매미 자체가 없다는 걸까? 아니면 실제로는 들리는데 매미 소리라고 인식하지 못한 걸까? 매미 소리에 감정이 흔들리는 것은 아마 내가 일본인이어서이리라. 외국 사람에게는 매미 소리가 '성(聲)'이 아니라 '음(音)'이지 않을까.

부부판도라

펭귄을 만난 지 20년 이상이 지났다. 당초 결혼할 생각은 없었지만 이런저런 일이 있어 혼인신고를 했고, 그 후로 16년이 지났다. 20년은 정말로 눈 깜짝할 사이였다.

나이 차이도 많이 나고, 자란 환경도 다르고, 성격도 닮지 않아서 나는 처음부터 그를 우주인이라고 생각했다.

대학 때 학원 선생님이 "남자와 여자는 다른 생물이라고 생각하는 편이 좋다"라는 말을 해서 나도 기본적으로 그런 사고방식을 이어가고 있다. 그러나 그건 '남자와 여자'뿐 아니라 '사람과 사람' 사이도 마찬가지가 아닐까 생각한다. 모든 면이 같은 사람은 없으니 서로를 완전히 이해하는 건 불가능하다. 서로가 완전히 이해하고 있다고 착각하는 데서 싸움도 전쟁도 일어난다. 서로 이해하지 못하기 때문에 상대를 이해하는 노력을 거듭해야 하고, 그 과정에서 조금이라도 마음이 통했을 때 관계의 기쁨을 누리게 된다.

아무리 좋아하는 상대여도 스물네 시간 같이 있으면 숨이 막힌다. 설령 부부라고 해도 적절한 거리랄까, 간격은 필요하다고 생각한다. 드물게 노부부가 되어도 애정이 넘치는 부부가 있기도 하지만, 그건 아주 행운인 경우이고, 대부분은 적당히 타협하거나 거짓말을 하거나 때로는 속고 속이기도 하면서 살고 있다. 그래도 어쨌든 함께 있고 싶으니 부부 생활을 계속한다. 부부는 절대 좋기만 한 게 아니라, 때로는 정신적으로 피투성이가 되기도 한다.

증정본으로 온 『부부판도라』 페이지를 넘기면서 그런 생각을 했다. 키친 미노루 씨의 사진과 구와하라 다키야 씨의 시(詩)가 상대를 멋지게 치켜세우고 있다. 나도 펭귄과 함께 피사체로 참가한 사진집인데, 정말로 멋진 작품이다. 다니가와 준타로 씨와 함께 띠지 문안도 썼다.

최근에는 결혼한 부부의 절반이 이혼한다던가. 나는 아직 경험이 없지만, 주변을 보면 이혼은 정말로 에너지가 많이 드는 일이다. 잘못은 누구에게나 있으니 어쩔 수 없다고 생각하지만, 애당초 너무 성급하게 결혼하지 말고 동거부터 시작하는 '시험 기간'을 만드는 것도 도움이 되지 않을까. 아이가 없으면 남녀 문제만으로 해결되지만, 아이가 있는 경우는 또 다른 난관에 부딪힌다.

우치다 다쓰루 씨의 글로 기억하는데, 이혼에 관해 이야기하며 '자전거를 살 때 5단 기어를 살 생각이었는데 3단 기어여서 반품하는 것과 같은 이유로 이혼했다'라는 표현을 읽고 정말 그럴듯하구나, 감탄한 적이 있다. '이혼하는 부부'와 '관계를 지속하는 부부'는 정말로 종이 한 장 차이다.

거의 같은 타이밍에 내게 온 것은 여성 커플 이야기를 쓴 나의 소설 『무지개색 정원』 프랑스어판. 프랑스와 이탈리아에서 내 책이 번역되어 나온 것은 정말로 명예로운 일이다.

사람이 같은 지붕 아래 사는 것은 절대 쉬운 게 아니지만, 그래도 행복하니까 계속 살아갈 수 있는 것이다. 이를테면 같이 부

카케우동을 먹는 행복이라든가. 그런 작은 행복을 실마리로 하루하루를 영위해나가는 것이리라.

『부부판도라』는 앞으로 결혼하려고 하는 젊은 세대가 꼭 봐주었으면 한다. 결혼 생활에는 수라장도 있지만, 행복과 희망도 있다.

스키야키
일요일은

10월 2일

10월이 되니 겨우 가을 하늘이 되었다. 베를린은 요즘 줄곧 좋은 날씨가 이어지고 있다고 한다. 오늘부터 「마이니치신문」일요판에 주 1회 에세이를 연재하기 시작했다. 제목은 '일요일이에요!'

올여름 베를린에 있으면서 알았는데, 베를린에서는 날짜보다 요일로 약속을 정하는 일이 많다. 예를 들면 친구를 만날 때 "그럼 다음 금요일에 봐"라고 한다든가, 레스토랑에 예약할 때도 "이번 토요일 비어 있나요?" 하는 식이다. 즉, 일주일보다 더 긴 미래에 일정을 넣는 일이 없다. 같은 경우여도 일본이라면 '몇 월 며칠에'가 된다. 미팅 약속을 한 달 이상 뒤에 잡는 일도 흔해서, 내년 스케줄 수첩이 필요해졌다.

나는 스케줄 수첩이 텅 비어 있는 상태를 좋아한다. 일정이 빽빽하게 적혀 있으면 숨이 막힐 것 같다. 마감에 쫓기는 게 정말 싫어서 연재도 거의 하지 않는다. 그런 내가 주 1회 연재라니, 괜찮을까? 벌써부터 심장이 벌떡거린다.

내게 일요일은 '스키야키'라는 이미지가 있다. 어릴 때, 스키야키는 일요일에 먹는 특별 음식이었다. 「쇼텐(1966년 니혼TV에서 시작해 지금까지 방송되고 있는 전통 코미디 프로그램—옮긴이)」을 보면서 달걀을 휘휘 젓던 기억이 난다.

그래서 얼마 전 펭귄이 평일에 스키야키용 고기를 사 왔을 때는 뭔가 어색했다. 기왕 사 온 고기이니 평일에 스키야키를 먹었지만, 그건 평일 스키야키의 맛밖에 나지 않았다. 아무래도 흥분이 덜 된다. '스키야키는 일요일의 특별식이어야만 스키야키다움을 발휘하는구나'라고 생각했다.

적어도 일요일 하루만큼은 일을 깡그리 잊고 멍하니 하늘을 봐주세요.

밤
밤

10월 10일

한밤중에 갑자기 '위잉' 하는 소리가 났다. 한참이 지나도 그칠 기미가 없어서 할 수 없이 잠자리에서 일어나 나가보니, 룸바가 청소를 하고 있었다. 펭귄이 틀었는가 했더니 아니었다. 유리네도 아닐 테고, 어쩐지 제멋대로 움직이는 것 같다. 인공지능? 아니면 괴기 현상? 별 신기한 일도 다 있네. 또 같은 일이 오늘 밤에도 일어난다면 좀 무서울 것 같다.

연휴 동안 신기한 일이 또 있었다. 모로코의 슬리퍼를 사 왔는데 냄새가 심해서 하룻밤 빨래 건조대에 올려두었다. 그런데 아침에 일어나보니 슬리퍼가 한 짝만 있는 것이다. 바람이 불어서 날려갔나, 아니면 까마귀가 물고 갔나. 기껏 사 왔는데 한

짝밖에 없어서 남은 한 짝을 어떻게 사용할지 고민이다.

연휴 첫날 밤밥을 지었다. 먹는 건 좋아하지만 잘 안 만들게 되는 대표적 요리가 밤밥이다. 밤껍질을 까는 건 정말로 힘이 많이 든다. 게다가 펭귄이 그 노력만큼 기뻐해주지 않아서 가을이 돼도 만들지 않게 된다.

그런데 있었다, 깎아서 파는 밤이! 상점가에 있는 채소가게 아주머니가 한 개, 한 개 정성껏 껍질을 까서 팔고 있었다. 이게 판매된 뒤로 다들 껍질 있는 밤은 사지 않는다고 한다. 이해가 간다. 채소가게 아주머니의 손끝이 새까매져 있어서 정말로 미안했지만, 덕분에 올해는 맛있는 밤밥을 먹을 수 있었다. 밤밥에 그리 흥미를 보이지 않던 펭귄까지 맛있다고 기뻐하며 먹고 있다. 채소가게 아주머니에게 감사를.

밤은 깎은 상태로 냉동해도 전혀 맛이 떨어지지 않아서 다음에 보면 또 사다가 설날용으로 냉동해둬야겠다.

내가 만드는 밤밥은 밤을 통째로 사용한다. 그다음 청주를 넣고 소금으로 간을 한 뒤, 다 짓고 나서 참기름을 조금 넣어 윤기를 낸다. 참기름을 한 바퀴 두르고 나면 시간이 지나도 푸석해지지 않는다.

오늘은 녹미채조림을 만들었다. 베를린에서 녹미채를 조릴 때 따로 넣을 재료가 없어서 마지막에 호두만 듬뿍 넣었더니 오히려 그게 더 맛있었다. 그 후 녹미채조림에는 꼭 호두를 넣는다. 마지막에 호두로 범벅을 하는 느낌으로. 따끈따끈한 밥에 올려서 덮밥으로 먹어도 좋고 빵에도 잘 어울린다. 삶아서 차게 만든 메밀국수에 버무리면 차가운 파스타 같아서 맛있다. 베를린에서 올리브유와 김을 뿌린 이 녹미채국수를 몇 번이나 먹었는지 모른다.

식욕 돋는 가을이군요.

돌아온 히틀러

지난주에 「그가 돌아왔다Er ist wieder da」라는 영화를 보고 왔다.
책을 읽고 어떤 식으로 영상화할지 흥미진진했는데, 결과는 상
상했던 것보다 훨씬 재미있었다.

히틀러가 타임슬립으로 현대 독일에 나타났다는 기상천외한
스토리. 하지만 누구도 진짜 히틀러라고 생각하지 않는다. 히
틀러는 개그맨으로 사람들에게 갈채를 받고 있다.
영화에는 실제로 히틀러(닮은 사람)를 본 사람들의 리얼한 반응
이 기록되어 있다. 그런 얘기를 들었던 터라 독일 사람들이 어
떤 식으로 받아들일지 흥미로웠다. 독일에서 히틀러라고 하면
아주 예민한 테마로, 종기를 건드리는 것과 같다. 아이가 히틀

러 인사를 흉내 냈다는 이유만으로 퇴학당했다는 얘기도 들어
서, 아직 조크로 삼을 정도는 아니지 않을까, 생각했다. 그런데
웬걸, 사람들의 반응은 영화를 보는 한 대체로 호의적이랄까,
지금의 난민 문제와 당시를 연관 짓는 의견도 많아서 조금 의
외였다. 물론 편집 영향이겠지만.
어쨌든 재미 반, 공포 반, 여러 가지 생각이 들게 하는 내용이
었다.

이런 영화를 만드는 자유도 보장되는 것이 독일의 장점이라고
생각한다. 과연 일본에서는 이런 영화가 개봉될 수 있을까? 일
본인은 나를 포함하여 의견을 말하기 전에 주변 사람들의 안색
을 살핀다. 반면 독일인은 주변은 신경 쓰지 않고 앞을 보고 자
기 의견을 똑바로 말한다. 아무리 극단적인 사고방식을 가진 사
람도 그걸 주장할 권리가 인정된다. 그건 훌륭하다고 생각한다.
코믹 요소가 가득한 내용으로, 이걸 어떻게 끝낼지 도중부터
걱정됐지만 엔딩은 훌륭했다. 히틀러가 사람들 마음속에 살고
있다는 것은 무서운 일이지만, 확실한 사실 같다.

히틀러가 총으로 개를 쏴 죽인 일로 단번에 사람들에게 인기를
잃는다는 데는 크게 이해가 갔다. 너무나도 독일인다운 지당한

시점이다. 이 영화를 자막 없이 보고 싶지만, 아직 갈 길은 먼 것 같다. 이따금 알아듣는 단어가 나오면 기뻤다.

지금 읽고 있는 것은 『아우슈비츠의 사서』다. 아우슈비츠 강제 수용소에 비밀리에 존재한 책이 단 여덟 권뿐인 도서관. 도서 관 담당자로 명받은 열네 살 소녀 디타는 옷 아래 책을 숨기거 나 해서 목숨 걸고 책을 지킨다. 실화에 근거한 이야기다.

냄비의 역습

10월 27일

문화냄비(밥 짓는 데 쓰는 알루미늄 합금 냄비—옮긴이)가 낡아서 같은 것을 새로 샀다. 어림잡아 20년쯤 사용했다. 밥을 지을 때 외에도 조림을 하거나 채소를 데치는 등 쓰임이 많은 냄비였다. 뚜껑 일부가 깨진 뒤에도 종종 사용했다. 그러나 슬슬 물러날 때가 되었다. 낡은 것은 이번에 베를린에 가져가기로 하고 새 냄비를 맞이했다.

옛것과 새것 두 개를 나란히 놓고 보니 생각보다 많이 낡아서 놀랐다. 열심히 일해준 것에 새삼 감사해졌다.

마침 오늘은 원목 버섯이 도착했고 햅쌀도 와서 새 냄비에 햅쌀로 밥을 짓기로 했다. 요즘 밥 당번은 펭귄. 펭귄이 새 냄비에 햅쌀을 안쳐서 불에 올린다. 밥이 다 될 때까지 청주를 한 홉 데워서 버섯을 안주 삼아 한잔했다.

불을 끄고 뜸을 들였다. 오늘 저녁 반찬은 자가제 된장절임 돼지고기. 따뜻한 밥이 완성될 타이밍을 맞추어서 프라이팬에 구웠다. 여기까지는 모든 것이 순조로웠다. 두근두근, 드디어 햅쌀로 갓 지은 밥 오픈!
그런데 세상에, 뚜껑이 열리지 않았다. 단단히 밀폐되어 아무리 밀고 당겨도 꿈쩍도 하지 않았다. 나무망치로 콩콩 두드려도 모르쇠.

펭귄이 뚜껑을 식히면 느슨해져서 열리지 않을까, 라고 해서 뚜껑 위에 보냉제를 올려보았다. 하지만 실패. 아래에서 식히기도 하고 위에서 물을 끼얹어보기도 했지만 도통 열리지 않았다. "그러고 보니 전에도 이런 일이 있었어" 했지만, 벌써 20년 전이어서 어떻게 열었는지 기억이 안 났다.

그러나 20년 전과 다른 점은 인터넷이 보급되어 정보가 넘친다는 것. 펭귄이 '문화냄비', '뚜껑', '안 열릴 때'로 검색하니 바로 해결법이 실린 사이트가 떴다. 그리고 아연했다. 펭귄이 자

신만만하게 실행한 '식히기'는 전혀 효과가 없었다. 오히려 그
것은 역효과를 내는 방법이고, 정답은 '다시 불에 올려 데운다'
였다.

그래서 밥은 어찌 되건 이대로 문화냄비를 사용할 수 없으면
안 되니 울며 겨자 먹기로 다시 불에 올렸다.
나는 햅쌀밥을 포기하고 유리네 주려고 퍼둔 밥을 데워서 먹었
다. 역시 자가제 된장은 맛있네, 하고 있을 때, "열렸다!" 하는
소리. 오랜만에 펭귄의 우렁찬 목소리를 들은 것 같다.

다행이다. 다시 문화냄비를 사용할 수 있게 되었다. 불에 너무
오래 안친 밥은 푸석푸석해져서 햅쌀의 고소함은 조금도 없었
지만, 그래도 맛있었다.

그나저나 이렇게까지 뚜껑이 안 열린다니. 고참 냄비가 화가
나서 그랬다고밖에 생각할 수 없다. 컴퓨터를 새로 사려고 마
음먹은 순간부터 컴퓨터 상태가 더 나빠졌다는 얘기를 곧잘 듣
곤 했는데, 냄비에도 그런 게 있나? 안과 밖의 기압 변화로 열
리지 않았다는 건 알지만, 아무리 그래도 너무 고집스러웠다.

동짓달

11월 2일

한겨울 채비를 단단히 하고 유리네와 산책을 다녀왔다. 제법 추웠다. 돌아오는 길에 이웃 빵집에 들러서 레드와인을 한 병 샀다. 우리 집에는 화이트와인과 스파클링와인뿐, 레드와인이 없었다. 오늘은 레드와인을 마시고 싶었다.

지갑을 보니 천 엔밖에 없어서 오스트리아산은 사지 못하고 칠레산 레드와인을 샀다. 벌꿀과 향신료를 넣고 핫와인으로 마셔도 좋다.

오늘은 펭귄이 없어서 혼자서 저녁 식사. 곧바로 레드와인을 따서 헤이즐넛과 군밤을 안주로 마셨다. 그리고 요전에 사둔 빵을 데우고 냉동해둔 잡곡 수프를 데웠다. 아무 준비 하지 않아도 되는 게 참 좋네.

음악은 슬라바(러시아 성악가—옮긴이)를 틀었다. 지금도 틀어놓고 있다. 슬라바의 목소리를 들으면 아, 겨울이구나, 싶다. 언젠가 일본에서 열린 슬라바의 크리스마스 콘서트에 간 적이 있다. 그야말로 가슴에 절절히 스며든다고 할까, 마음을 울리는 노랫소리였다. 슬라바는 노래를 하기 위해 태어난 것 같다. 노래를 위해 인생도 몸도 모든 걸 바친 사람이다.

이런 식으로 시간이 느릿하게 흐르는 것도 좋다.

춥지만 아직 난방을 틀기는 이르다. 지금은 콩을 보글보글 조리고 있다. 붉은강낭콩 햇콩이 생겨서 아마낫토(콩을 삶아서 달게 조려 설탕에 버무린 과자—옮긴이)를 만들까 한다.

최근에 버섯조림이나 폰즈(감귤류의 과즙으로 만드는 일본의 대표적인 조미료—옮긴이) 등, 지금까지 만들어보지 않은 것을 만들고 있다. 집에서는 만들지 못할 거라 생각했는데, 막상 해보니 버섯조림도 폰즈도 간단했다.

버섯조림은 시험 삼아 만들어봤는데 의외의 호평을 받았다. 팽권이 엄청나게 많이 든 팽이버섯 한 팩을 사 왔다. 팽이버섯은 서민의 편이다. 한 팩만 있으면 상당한 양의 버섯조림을 할 수 있다. 갓 지은 햅쌀밥에 올리면 그것만으로 밥이 쑥쑥 넘어

간다.

폰즈도 사 먹는 거라고만 생각하고 살았는데, 재료만 있으면 그렇게 힘들지 않다. 이번에는 오이타에 사는 친구가 유자의 일종인 카보스를 보내주어서 그걸 사용했다. 지금 냉장고에서 재우고 있다.

슬라바를 감상하기에는 최고의 밤. 가끔은 이런 날이 있는 것 도 좋구나!

기
억
용
량

착각 1.

펭귄이 "부타칸, 부타칸"이라고 해서 나는 돼지고기 통조림(부타칸즈메)을 얘기하는 줄 알았더니, 그게 아니라 '무대감독(부타이칸도쿠)'을 줄여서 말한 거였다. 이런 줄임말, 별로다.

착각 2.

밤에 이불 속에서 쉬고 있는데 펭귄이 와서는 약간 화난 모습으로 말했다.

"가키노타네('감 씨'의 일본어─옮긴이)는 넣지 마."

아마 음식물 분쇄기에 그게 들어갔던 모양이다.

"나 아니야. 내가 그걸 왜 넣었겠어."

내가 항변했다. 펭귄이 그 며칠 전 가키노타네(감 씨 모양의 일본 과자—옮긴이)를 사 왔는데, 나는 그걸 얘기하는 줄 알았다. 그러다 문득 깨달았다. 조금 전 감을 깎고 나온 씨를 음식물 분쇄기에 넣었던 거다.

그러고 보니 외국인 입국 심사 때 한 승객이 가키노타네 과자를 '감 씨'라고 그대로 직역해서 설명했다가 입국하지 못했다는 얘기를 들은 적이 있다. 나도 조심해야지!

멍청히 지냈던 건 아니지만, 눈 깜짝할 사이에 생일을 맞았다. "드디어 나도 쉰 살이 되었습니다!"라고 장난삼아 숫자를 부풀려 말하니, 사람들이 순간 '우왓' 하는 얼굴을 했다. 실제로는 마흔세 살이나 쉰 살이나 별반 다르지 않다고 생각한다. 몇 년 전부터 내 나이를 물으면 바로 대답하지 못하게 되었다. 나이는 아무래도 좋다고 생각해서 기억할 마음이 없는지도 모르겠다.

내일부터 나는 이탈리아로 간다. 『무지개색 정원』이 이탈리아에서 출간되어 인터뷰 등을 하러 가는 것이다. 모처럼 밀라노까지 간 김에 천천히 놀다 오고 싶은데 그럴 수 없는 형편이라 가자마자 바로 와야 한다.

인터뷰에 제대로 대답하지 못하면 곤란하니 어제부터 책을 읽고 있다. 이즈미 씨와 오초코짱과 소스케, 다카라와 오랜만에 재회했다.

내 경우, 작품이 완성되면 바로 그 작품을 잊으려 한다. 그러지 않으면 다음 작품이 들어오지 못하므로. 자랑은 아니지만 기억 용량이 무진장 작다. 때로는 등장인물 이름도 까맣게 잊어버린다.

이탈리아에서는 최근 격론 끝에 동성 결혼이 법률로 인정받게 되었다고 한다. 또 설마 설마 했는데 미국에서는 트럼프 씨가 대통령이 되었다. 차별과 편견이 통하는 세상이 되는 건 싫은데. 그런 분위기가 세계에 확산되지 않기를 기도할 뿐이다.

밀라노 문학제

아침부터 큰 눈이 내린다. 창밖으로 볼 때는 예쁘지만, 출퇴근
하고 통학하는 사람들은 힘들겠다. 밀라노에서 한발 먼저 겨울
을 느끼고 왔다고 생각했더니 오늘은 도쿄 쪽이 춥다. 유리네
도 담요를 둘둘 말고 마치 은둔자처럼 있다. 유리네는 정말로
고양이 같다.

밀라노에는 단 며칠 머물렀지만 정말 즐거웠다. 밀라노 문학제
에 맞춘 스케줄이었다. 각지에서 1,500개나 되는 이벤트가 열
리고 있었는데, 이탈리아어판 『무지개색 정원』의 인터뷰도 하
고 라디오와 텔레비전에도 출연하는 등 눈 깜짝할 사이 3일이
흘렀다.

평소 일본에 있으면 동업자를 만날 기회가 없지만, 외국 문학제에서는 종종 동업자를 만나 이야기할 기회가 있다.

이번에는 인도와 프랑스 그리고 이탈리아 작가를 만났다. 인도와 프랑스 작가도 같은 출판사에서 이탈리어판 번역본이 출간되었다. 출판사 대표, 편집자들과 함께 저녁을 먹었다. 그중에서도 프랑스의 여성 작가가 매력적이었다. 그녀는 알래스카에 10년 살았다고 한다. 그 경험을 바탕으로 이야기를 쓴다고. 그리고 지금은 프랑스 시골에서 양을 키우고 있단다. 손바닥이 엄청나게 크고 듬직해서, 아, 이 사람이 쓴 이야기라면 읽고 싶다, 생각했다.

밀라노 사람들은 남녀를 불문하고 하나같이 정말 세련됐다. 자투리 시간에 가까운 거리를 산책하는데 다들 액세서리도 옷도 반짝거리고 멋있었다. 내가 소화할 수 있는 스타일은 하나도 없었다.

아, 밀라노에서는 개가 옷을 입고 다녀서 안도했다. 독일에서는 옷 입은 개를 본 적이 없지만, 이탈리아에서는 종종 보인다. 이탈리아와 일본은 개와 사람의 거리감이 비슷한 것 같다.

이탈리아에 다녀왔다고 하면 펭귄을 비롯해 많은 사람이 "맛있는 것 먹고 왔겠네요"라고 입을 모아 말한다. 돌이켜보니 정말로 그곳에 있는 동안 줄곧 먹은 것 같다. 맛있지만 배가 괴로웠다. 디너 시작이 8시 반인가 9시니 아침이 되어도 배가 고프지 않았다. 역시 이탈리아 사람은 아침에 단 것만 살짝 집어 먹었다.

독일에서도 그랬지만, 보아하니 유럽 사람들은 아침, 점심, 저녁 세 끼 나누어 채소, 탄수화물, 단백질을 먹는 것 같다. 아침에 샐러드를 먹으면 점심은 파스타, 저녁은 고기나 생선을 먹는 식이다. 일본은 매끼를 균형 잡힌 식단으로 먹는 문화인데, 유럽에서 그걸 지키려면 말도 안 되는 양이 된다. 그래서 나도 최근에는 유럽식으로 1식 1접시를 기본으로 주문한다. 한 접시 양이 많아서 충분히 배가 부르다.

이대로 계속 내릴 것 같더니 좀 전에 눈이 그쳤다. 지붕들이 하얘졌다. 펭귄이 어제 신선한 대구를 사 와서 오늘 저녁은 피쉬 앤칩스를 만들 예정이다. 튀김옷에 맥주를 넣는 점이 그야말로 영국 요리답다.

유리네는 여전히 몸을 동그랗게 말고 있다.

아빠라는
사람들은

유리네의 배가 삐-삐-삐-. 지난주 금요일부터 배탈이 났다. 강
아지 시절 음식이 맞지 않아서 배탈 난 적은 있지만, 성견이 되
어서는 배탈 난 기억이 없다. 아무리 먹어도 탈이 안 나는 튼튼
한 위장이 장점이었는데.

원인은 잘 모른다. 금요일에는 내가 오후부터 외출했고, 펭귄
도 식사 약속이 있어서 유리네 혼자 집을 보는 시간이 길었다.
그러나 특별히 오래 혼자 있었던 것도 아니고, 일상적인 범위
였다.

다만 집에 돌아왔더니 너무 추웠다. 펭귄은 바닥 난방을 켜고

나갔다고 하지만, 커튼을 쳐두지 않아 집 안이 냉랭했다. 나라면 저녁에 외출할 때는 반드시 커튼을 쳤을 테지만. 아빠라는 사람들은 그런 데까지 생각이 미치지 못하는 것 같다. 추위로 배탈이 났을지도 모른다.

혼자 집을 보는 스트레스와 추위로 인한 오한, 과식(최근 체중을 늘리려고 밥 양을 많이 주고 있다), 뭔가 잘못 주워 먹어서 등등 원인은 얼마든지 짐작할 수 있지만, 정확한 건 알 수 없다.

먹으면 바로 설사를 해서 보고 있으려니 안쓰럽다. 밤중에도 두세 번은 화장실에 간다. 그럴 때, 나는 반사적으로 일어나지만 펭귄은 쿨쿨 잔다. 아빠들은 원래 그런 건가. 비판하는 게 아니라 원초적으로 몸의 구조가 아이가 밤에 울어도 잘 자게 생겼는지도 모르겠다. 유리네는 괴로워하는데, 어쩌면 자기 탓일지도 모르는데, "냄새 나" 하고 퉁명스럽게 군다. 남자는 어째서 이럴까, 하고 새삼 남녀의 근본적인 차이 같은 걸 생각했다.

남자도 여성적인 감각을 가진 사람이라면 좋겠다. 그런 사람과는 감각적으로 이해할 수 있을 것 같다.

한편 유리네는 배탈이 났음에도 식욕은 있다. 그럴 때는 사과나 낫토가 좋다고 해서 먹이니 아주 좋아한다. 기분 전환이 될까 하고 산책도 늘 가던 대로 다니고 있다.

오늘도 저녁 무렵에 두꺼운 옷을 입고 산책을 나갔다. 4시 반이면 벌써 약간 어둡다.

다리 밑에서 시바견인 '곤'을 만났다. 주인이 "옷이 귀엽고 따뜻해 보이네요"라고 해서 당연히 복슬복슬한 내 옷인 줄 알았더니, 유리네 옷을 말하는 거였다. 괜한 말을 해서 창피를 당하지 않아 다행이다.

지금 유리네가 처음 집에 왔을 무렵의 일기를 되읽고 있는데, 놀라울 따름이다. 까맣게 잊고 있었는데 그때 유리네는 1킬로그램밖에 나가지 않았다. 지금은 5킬로그램 남짓. 무사히 잘 자라줘 감사하다.

나 역시 달라졌다. 그 무렵의 나는 개한테 옷을 입히는 건 말도 안 되는 짓이라고 생각했고, 밥도 사료 쪽이 좋다고 생각했다. 그런데 지금은 유리네에게 옷을 입히고 손수 만든 밥을 먹이고 있다.

유리네는 역시 몸이 좋지 않은지 잘 때는 내게 몸을 딱 붙인다. 거의 껴안는 듯한 자세가 될 때도 있다. 유리네의 심장 박동이 두근두근 전해진다.

평소에는 곧잘 꿈에서 음식을 먹는데, 최근에는 먹는 꿈을 꾸지 않는 것 같다. 작은 몸으로 필사적으로 뭔가와 싸우고 있다. 빨리 나으면 좋을 텐데.

양식당 오가와

12월 9일

이자카야에서든 레스토랑에서든 메뉴에 있으면 반사적으로 주문하는 것이 크로켓이다. 멘치카쓰도 좋아하지만, 고르라고 한다면 나는 크로켓. 뜨거운 것을 한입 가득 베어 물면 더 이상 행복한 게 없다.

손님이 집에 올 때는 나도 크로켓을 만든다. 접대 메뉴 1순위가 크로켓일지도 모른다. 그러나 평소 상차림에 크로켓이 올라오는 일은 일단 없다. 나 자신을 위해 크로켓을 만들려는 마음이 좀처럼 생기지 않는다.

그런데 며칠 전 손님이 아닌 내가 먹을 크로켓을 만들었다.

유리네 상태가 좋지 않아서 주말을 집에서 함께 보내다, 주방을 보니 싹이 나기 시작한 감자가 있었다. 고기감자조림을 할까 하다가 모처럼 크로켓을 만들고 싶어졌다. 생각해보니 올해는 한 번도 크로켓을 만든 적이 없었다. 오늘 만든 크로켓은 엄청나게 맛있었다.

자화자찬 같아서 민망하지만, 나는 역시 내가 만든 크로켓이 제일 맛있다. 딱히 특별한 방법으로 만드는 것도 아닌데 어째서 이렇게 맛있는지 신기하다. 좀 색다른 게 있다면 감자를 오븐에 굽는 것과 돼지고기를 직접 두드려서 다지는 것, 오븐에서 감자를 꺼내면 뜨거울 때 으깨서 버터를 섞는 것, 돼지고기를 볶을 때 마지막에 브랜디를 두르는 것. 생각나는 건 그 정도다.

재료도 감자와 양파와 돼지고기뿐이고, 소금과 후추 이외에 비장의 재료를 넣는 것도 아니다. 다만 크기에 연연하는 편이어서 탁구공만 한 크기를 고집한다. 그러면 튀김옷은 바삭하고 안의 내용물은 부드럽게 익는다.
역시 크로켓은 맛있네.

집에 있는 시간이 길어서 내친김에 호박 푸딩도 만들어보았다.

처음이었지만, 꽤 간단했다. 크로켓에 호박 푸딩이라니, 뭔가
양식당 같다.

아, 유리네는 완전히 회복했다. 다시 식탐대마왕 유리네 님으
로 돌아왔습니다!

글을 쓴다는 것

12월 19일

어째서일까. 어째서일까. 12월은 어째서 이렇게 쏜살처럼 지나가는 걸까. 오늘 날짜를 보고 깜짝 놀랐다. 내일이면 벌써 20일이라니, 농담 같다.

일단 기쁜 소식이 있다. 『츠바키 문구점』이 제5회 시즈오카 서점 대상에 뽑혔다. 정말로 기쁘다.

『츠바키 문구점』은 결코 화려한 얘기가 아니지만, 책장에 줄곧 꽂아두고 싶은 책이라고 편지를 써 보낸 독자도 있었다. 내게는 너무나 의미 깊은 작품이다. 다음 편을 읽고 싶다는 요청도 많아서 지금은 속편을 쓰고 있다. 나 자신이 『츠바키 문구점』

에 감도는 공기감이랄까, 그 세계를 너무 좋아해서 놓을 수 없게 돼버렸다. 그 세계에 더 머물고 싶은 것이다.

지금까지 작품은 한 권으로 끝이라고 생각했지만, 이렇게 독자와 함께 이야기를 계속해가는 것도 괜찮지 않을까 생각하게 되었다. 한 작품 정도는 자신과 함께 늙어가는 이야기가 있어도 좋을지 모른다.

요전에 이탈리아에 다녀왔을 때, 현지의 젊은 작가와 대담할 기회가 있었다. 그녀는 20대로 근미래를 무대로 한 신선한 작품을 발표했다. 해골이 잔뜩 달린 팔찌에 패션도 온통 검은색으로 약간 '엑스재팬' 분위기를 풍기는 작가였다.

그런 그녀가 대담 중에 내게 이렇게 질문했다.

"오가와 씨는 글쓰기로 싸우고 있나요?"

내가 보기에는 그녀가 싸우는 것 같았다. 본인도 그렇다고 얘기했다. "싸우지 않아요. 오히려 누군가와 조화를 이루기 위해 쓰고 있어요"라고 대답했더니 "예상한 대로의 답변이군요"라는 말이 돌아왔다.

싸움은 분노를 에너지로 한다. 나는 되도록 내 속에서 분노를 배제하고 싶다. 분노로 해결할 수 있는 일은 아무것도 없다. 겉으로 드러나게 싸우는 법은 이미 졸업했는지도 모른다. 그렇다고 전혀 싸울 마음이 없는가 하면, 그렇지도 않다. 나는 내가 싸우고 있다는 걸 상대가 깨닫지 못하게 싸우는 것을 이상적으로 생각한다. 주먹을 휘둘러봐야 완력으로는 이기지 못하니까.

상대가 모르게 스윽 발을 디밀어 슬쩍 넘어뜨리거나 "맛있어요" 하고 내민 요리에 몰래 독을 타거나, 그런 건 하고 있다. 그것이 내게는 싸우는 것. 그러나 내 입으로 싸운다고 말하면 싸우는 게 되지 않으므로 싸우지 않는다고 말하기로 했다. 조금, 아니 많이 삐딱한지도 모르겠지만.

그러나 그런 것과는 관계없이 독자들이 이야기 세계를 즐겁게 여행해준다면 나는 그것으로 백 퍼센트 만족한다.

참으로 여러 가지 일이 있었던 1년이었다.

지난주 금요일 이후, 눈물샘이 늘어질 대로 늘어져서 어쩔 줄을 몰랐다. 충치 치료할 때의 마취된 잇몸처럼 마음을 불감증 상태로 해두지 않으면 여차하는 찰나에 눈물이 흘러버린다. 내 인생에서 너무나 큰 사건이 있었다.

거센 슬픔과 분노를 느끼면 몸에 활성산소가 발생해서 그걸 처리하느라 간이 피폐해지는 거라고 어제 카이로프랙터 선생님이 가르쳐주었다. 그리고 정성껏 내 몸을 풀어주었다.

오늘 밤은 토란조림. 고향에 기부를 했더니 대량의 토란을 보내왔다(일본에는 고향이나 응원하는 지자체에 기부하고 지역 토산품을 답례품으로 받는 제도가 있다—옮긴이). 생토란은 미끌미끌해서 껍질 벗기는 게 힘들기 때문에 토란은 언제나 오븐으로 구운 뒤에 다듬는다. 오늘은 여러 가지 사무 처리를 하면서 만드느라 토란을 너무 익혀서 흐물흐물해졌다. 그러나 그런 토란찜 역시 고향 냄새가 나서 맛있다.

꽃
너 다
에 발
게 을

어제도 오늘도 후지산이 선명하게 보였다. 크리스마스가 지나
는 무렵부터 도쿄 공기가 깨끗해졌다. 필터를 통과한 듯이 맑
아서 몇 번이고 심호흡을 하고 싶어진다. 이 시기의 도쿄는 정
말로 살기 좋다.

이번 주 들어서 한꺼번에 피로가 몰려오더니 그제는 목이 돌아
가지 않았다. 설날이 코앞인데 가마보코(흰살생선을 잘게 다져서 만
든 고급 어묵. 예쁜 색깔 때문에 일본의 설날 음식에서 빠지지 않는다―옮긴이)
를 썰 기운조차 없다. 아마 지금 내가 가마보코를 썰어도 가지
런히 썰지 못할 거다. 비스듬해지거나 두께가 제각각이거나 한
심한 결과가 될 게 뻔하다. 그래도 설날 음식은 만들려고 했지

만, 포기했다. 몸을 쉬고 싶었다. 다만 사다놓은 재료는 처리해야 하니, 오늘 오후에 집중해서 주방에 서야 한다.

해마다 만들었던 오색 나마스(무, 당근, 표고버섯, 어묵 등을 채썰어 단촛물로 버무린 초무침 요리—옮긴이)도 올해는 홍백 나마스로 변경. 섣달그믐의 '이다치마키(달걀노른자와 다진 흰살생선을 섞어 도톰하게 말아 부친 음식—옮긴이)와 우동'도 올해는 아마 생략할 것 같다. 검은콩조림은 간단해서 만들어두었고. 내일 불에 올리기만 하면 된다.
이럴 때, 애써서 뭔가를 해도 뜻대로 되지 않기 때문에 애쓰지 않는 편을 택한다.

종일 무를 썰면서 우타다 히카루의 새 앨범만 들었다. 들으면 들을수록 맛이 깊다. 「꽃다발을 너에게」가 나올 때마다 눈물샘이 느슨해져서 애먹었다.
아침 드라마 주제가일 때는 그냥 흘려들었는데, 그랬구나, 이런 노래였구나, 하는 걸 깨달은 뒤로는 반사적으로 눈물이 쏟아진다. 그렇게 힘든 일이 있었는데, 그녀도 많은 갈등을 경험했을 텐데, 그걸 훌륭하게 작품으로 승화시킨 점이 정말로 훌륭하다. 아마 그 곡을 백 번 들어도 나는 백 번 다 울겠지.

인생을 40여 년 살다 보니 남한테 쉽게 말하지 못할 일, 후회, 찜찜함 등등, 그런저런 짐을 짊어지게 된다. 살아간다는 건 결코 간단하지 않다. 뜻대로 안 되는 일도 많다. 그걸 어떻게든 이 악물고 견뎌내야 한다.

오늘 맑은 하늘 아래 유리네와 산책을 하다 그런 생각이 들었다. 지금 유리네가 곁에 있어줘서 진심으로 감사하다고. 유리네와 산책하고, 같이 붙어서 자는 시간이 나를 얼마나 평온하게 해주는지. 올해도 펭귄과 유리네와 무사히 한 해를 보내서 행복하다.

내년은 어떤 해가 될까? 베를린에서 일어난 테러(2016년, 크리스마스 마켓에 트럭이 돌진한 테러—옮긴이)는 정말 유감이었지만, 그러나 그런 일로 아무것도 달라지지 않는다고 베를린에 사는 사람들은 온몸으로 말하고 있다. 분명히 그럴 것이다. 평소처럼 사는 것이 최고의 레지스탕스라고 생각한다.

부디 행복한 한 해 맞이하시기를.

옮긴이의 글

오가와 이토 씨를 만나다

2019년 여름 『양식당 오가와』 번역 계약서에 사인하는 날, 편집자들과 나는 오가와 이토 씨를 만났다. 출판사에서 판권 계약을 마칠 무렵 그녀가 서울에 온 것이다. 그리고 마침 일본문화원에서 김하나 작가와 대담회가 열려서 우리는 자연스럽게 만날 수 있었다. 너무나 훌륭했던 두 작가의 대담 뒤에는 간단한 사인회가 열렸다. 이 사인회가 끝날 즈음 편집자들과 오가와 이토 씨는 잠시 환담을 나누었다. 나는 뒤에서 이들이 만나는 감격적인 모습을 지켜보았다. 『츠바키 문구점』과 『반짝반짝 공화국』을 만든 편집자들이란 소개에 오가와 이토 씨는 그날 본 모습 중 가장 환하고 밝은 얼굴로 반가워했다. 그럴 만도 하다. 대담 중에도 직접 얘기했지만, 책을 여간 잘 만든 게 아니

195

다. 게다가 책의 반응마저 뜨거웠으니 그런 책을 만들어준 편집자분들이 얼마나 고맙고 반가웠을까.

새해가 되었다고 계획을 세우는 스타일은 아니지만, 작년에는 새해가 되자 막연히 그런 생각이 떠올랐다. 도쿄에 가면 오가와 이토 씨를 만나고 싶다! 그녀의 소설은 글이나 감성이나 생각이 너무 비슷해서, 번역을 하는 게 아니라 내 글을 옮겨 적는 기분이 든다. 만나서 얘기를 하면 참 재미있을 것 같았다. 『츠바키 문구점』과 『반짝반짝 공화국』을 번역하며 그런 생각은 더욱 진지해졌다. 올해는 꼭 만나서 수다를 떨어봐야지, 하는 게 버킷리스트 아닌 버킷리스트가 되었다. 그랬는데 오가와 이토 씨를 일본에 가서도 아니고 서울에서 그렇게 쉽게 만날 기회가 생긴 것이다. 알고 보니 그녀는 독일에 살고 있었다. 도쿄에 갔더라도 만나지 못할 뻔했다. 언제까지 독일에 머무는지 물어봤더니 "독일에 물릴 때까지"라고 했다. 이 에세이에서도 독일, 특히 베를린에 대한 애정이 가득하다.

"올해 꼭 도쿄에 가서 오가와 이토 씨를 만나고 싶다고 생각했는데, 어차피 무리한 일이었네요" 했더니, "아니에요, 도쿄의 집에도 종종 가요" 하며 그녀를 만나는 게 버킷리스트였다는 사실을 기뻐해줬다. 나는 "아까 작가님 에세이 번역 계약했어요" 하고 계약서 봉투를 보여주며 자랑했다. 이 자랑은 그날 저녁 만난 일본 대사에게도 했는데(내가 오가와 이토 씨 작품을 여섯 권이나 번역한 걸로 알고 있다고 해서 "오늘 일곱 권째 계약했어요"라고 한 것이다), 두 사람 다 눈이 휘둥그레지면서 "정말요?" 하고 놀라워했다. 번역 계약서에 사인하는 날 작가를 만난다는 게 흔한 일이 아니니까.

그녀와 처음 나눈 화제는 개 이야기였다. 본문에도 나오지만 오가와 이토 씨는 '유리네'라는 강아지를 키운다. 5킬로그램가량 되는 하얀색 몰티즈다. 나는 '나무'라는 시추 노견을 키우고 있다. 둘 다 중증의 '개바보'여서 개 이야기로 대동단결하는 분위기였다. 그때도 독일에서 강아지 미용비 비싸지 않으냐고 물었는데, 역시 본문 중에도 강아지 미용비 얘기가 나온다. 아무리 개바보여도 애견 미용비는 현실적인 문제인 것이다. 오가와 이토 씨는 "너무 비싸요" 하고 우는 표정을 지었다.
오가와 이토 씨와의 대화는 일본 대사관 만찬장으로 이어졌다. 만찬이 시작되기 전에 마치 식사 기도하듯 미니 낭독회를 했다. 오가와 이토 씨는 목소리가 차분하고 아나운서처럼 발음이 좋았다. 만찬 메뉴는 카이세키 요리로 우리나라로 치면 고급 한정식 같은 요리였다. 대사관의 요리는 확실히 격이 달라서

속으로 연신 감탄했다. 데뷔작『달팽이 식당』의 풋풋함을 번역할 때가 엊그제 같은데, 그녀는 어느새 이렇게 일본 대사가 대대적인 환영 만찬을 열어주는 큰 작가가 되었다. 10년 남짓한 동안 이뤄낸 그녀의 성장이 놀라웠다.

맞은편에 앉은 일본 대사가 "한국에서 오가와 씨 작품이 이렇게 인기 있는 데는 역시 번역의 힘이 크죠" 하고 나를 보았다. 옆에 앉은 오가와 씨도 "맞습니다. 아까 대담회장에서 독자들의 반응을 보며 내 책들이 정말 제대로 번역되었구나, 하는 걸 느꼈어요. 번역하시는 분은 작품의 제2의 어머니가 아닌가 합니다. 번역 작품도 자식 같은 마음이 드시죠?" 하고 나를 보았다. "제2의 어머니라는 표현, 딱입니다. 서점에 가면 내 자식 찾듯 제가 번역한 책들 먼저 살펴보고 반듯하게 하고 오게 돼요" 하고 나도 맞장구를 쳤다.

『양식당 오가와』는『츠바키 문구점』이 나오던 해에 '이토 통신'이라는 오가와 이토 씨의 블로그에 1년 동안 쓴 일기 형식의 글이다. 40대 중반인 오가와 씨의 진중한 모습, 가볍고 발랄한 모습, 열정적인 모습, 강아지의 작은 행동에 기뻐하고 걱정하는 소녀 같은 모습이 친근하게 묘사되어 있다. 아울러 일본

정치에 대한 불만과 세계 평화를 향한 관심도 잘 나타나 있다. 가족이나 지인이 맛있는 요리를 먹으며 힐링하는 소시민적인 작품에서 이제 세계인이 음식으로 이념과 국경을 넘어 하나가 되는 대작을 쓰는 건 아닐까, 하는 생각이 슬며시 들었다.

오가와 이토 씨의 사적인 일거수일투족과 그녀의 사고를 엿볼 수 있는 에세이여서, 그녀의 독자들이 환호할 것 같은 작품이다. 나 또한 그날 만났던 오가와 이토 씨를 떠올리며 그녀와 수다를 떠는 마음으로 즐겁게 작업했다. 점점 발전하는 그녀의 다음 소설을 또 기대해본다.

권남희

양식당 오가와

초판 1쇄 발행 2020년 3월 27일 **초판 2쇄 발행** 2020년 5월 27일

지은이 오가와 이토
옮긴이 권남희
펴낸이 연준혁

편집 1본부 본부장 배민수
편집 1부서 부서장 한수미
책임편집 곽지희
디자인 강경신

펴낸곳 (주)위즈덤하우스 **출판등록** 2000년 5월 23일 제13-1071호
주소 경기도 고양시 일산동구 정발산로 43-20 센트럴프라자 6층
전화 031)936-4000 **팩스** 031)903-3893 **홈페이지** www.wisdomhouse.co.kr

값 13,800원
ISBN 979-11-90630-30-6 03830